·原创电影文学作品·

美丽依旧

舒文 ◎ 著

首都经济贸易大学出版社
Capital University of Economics and Business Press
·北京·

图书在版编目(CIP)数据

美丽依旧/舒文著. ——北京:首都经济贸易大学出版社,2018.12
ISBN 978-7-5638-2887-6

Ⅰ.①美… Ⅱ.①舒… Ⅲ.①长篇小说—中国—当代 Ⅳ.①I247.5
中国版本图书馆 CIP 数据核字(2018)第 251040 号

美丽依旧
MEILI YIJIU
舒文 著

责任编辑	彭 芳
绘 画	李道信
封面设计	砚祥志远·激光照排 TEL:010-65976003
出版发行	首都经济贸易大学出版社
地 址	北京市朝阳区红庙(邮编 100026)
电 话	(010)65976483 65065761 65071505(传真)
网 址	http://www.sjmcb.com
E-mail	publish@cueb.edu.cn
经 销	全国新华书店
照 排	北京砚祥志远激光照排技术有限公司
印 刷	北京玺诚印务有限公司
开 本	710 毫米×1000 毫米 1/16
字 数	242 千字
印 张	13.75
版 次	2018 年 12 月第 1 版 2020 年 3 月第 3 次印刷
书 号	ISBN 978-7-5638-2887-6
定 价	39.00 元

图书印装若有质量问题,本社负责调换
版权所有 侵权必究

美丽依旧

21 世纪初，粤东某海滨城市

1. （外景） 盛夏的海湾 下午

  这是一个南方特有的桑拿天，低气压，闷湿的空气仿佛凝固一般，令人窒息。

  隔海望去，雾霾中的小岛被高大繁茂的植物覆盖得严严实实，形状好似一颗巨大无比的西蓝花，饱满而茁壮，挺立在海中。

  （我们的视线）一艘红头小船带着刺耳的马达声，由远及近，在寂寥的海面上飞驰，一圈又一圈……

切至

2. （外景，同上，晚些时候） 傍晚

  海水涌动中的小船荡漾在空旷漆黑的海面。

  （配乐响起：肖邦的音乐）（我们的视线）月亮从云缝中慢慢探出头来，一束冷光倾泻而下，铺洒在小船上，依稀可见一个像从画里走出来的女人，站在船头眺望远处城区的万家灯火。稍后，她抬起手臂，昂起头将瓶中酒送入口中，（特写慢镜头）然后把酒瓶用力抛向远方。

  （镜头渐渐拉高拉远）小船在画面中越来越小（定格）。

美丽依旧

切至

3.（外景）　商务写字楼外街道　夜

一幢外观颇为气派的写字楼，只有零星的几个窗户还亮着灯光。

（我们的视线）从大堂正门冲出一个年轻女人（温迪进入了我们的视野），她的样子很狼狈，嘴角出血，眼角瘀青，一缕秀发从高盘的发髻上散落下来，蕾丝裙的领口撕裂至胸部，她赤脚站在路边，目光急切地搜寻着街上的车辆。

温迪（极度的恐惧使她声音颤抖）：拜托，的士司机都去哪里了？

温迪猛然回头，（我们顺着她的目光）看见大堂电梯的显示器灯显示已下行至三楼，她惊恐万状，旋即消失在大楼左侧昏暗的深巷中。

切至

4.（内景）　商务写字楼大堂　夜

（我们的视线）从还未完全打开的电梯门里，冲出一个30多岁的男人，他将等待在电梯旁的一个瘦小男人撞了一个趔趄。瘦小男人站稳后扶正眼镜，用责备的目光看着他。这个浑身散发着浓烈酒气和畜生般野蛮气味的人，就是温迪的丈夫——张驰。他用挑衅的目光，回敬那个瘦小男人，对方避开了他，随即进入电梯。

切至

5. （外景）　　深巷里　夜

　　片刻后，温迪像打了鸡血似的狂奔。
　　温迪（惨叫）：哦，见鬼！
　　她坐在地上，双手抱着右脚。
　　（简短的特写）血从指缝中渗出，她从包里拿出纸巾擦拭，发现一块尖利的玻璃刺入脚掌，她用尽全力拔出一块锋利的玻璃碎片，极度的疼痛使她面部扭曲，浑身发抖。
　　这时不远处传来失控的摩托车声，好似一头发疯的狮子在暗夜里吼叫。
　　这是一个丁字路口，温迪用近乎绝望的目光四处搜寻着藏身之地（镜头跟随着她的目光一起搜索）。突然，她发现一辆金杯商务车停靠在墙边的黑暗处。
　　她几乎是用单腿跳到车后隐藏了起来。

切至

6. （外景，同上，稍后）　　夜

　　躲在车身后的温迪，屏息凝神地观察着眼前的一切。

美丽依旧

切至

7.（外景）　深巷里的丁字路口　夜

　　一声尖利刺耳的刹车声划破夜空，一辆十分炫酷的日本原装雅马哈摩托车在昏暗的街灯下停了下来。

　　张驰单脚斜跨在摩托车上，微微喘着粗气，他异常冷静地判断着温迪可能逃走的方向，目光机警，如暗夜里的猫头鹰。

　　（镜头在温迪和张驰之间切换）

　　（简短的特写）温迪的一双大眼睛死死锁定张驰的一举一动，生怕有半点疏漏。

　　（温迪的主观视线）张驰的嘴角掠过一丝笑意，他从口袋里掏出手机，借着路灯的微弱亮光，开始拨打温迪的手机。

　　温迪仿佛意识到了什么，她发疯似的在手提袋中翻着手机，几乎在张驰拨通的一刹那，关闭了自己的手机。

　　温迪的手机（画外音）：您拨打的电话已关机。

　　张驰持续不断地拨打。

　　张驰（暴怒）：臭婊子，我看你能跑到哪儿去！

　　这时远处的天空传来一阵闷雷声。

　　张驰：他妈的！

　　随后他发动摩托车引擎，飞驰而去。

　　温迪瘫坐在地，呆望着那盏孤独的街灯，暴雨随即倾泻而下。

　　（镜头特写）零星的街灯，隐现在她溢满泪水的黑眸里。

　　（镜头渐渐拉高，俯拍这座正在被暴雨肆虐、已进入深度睡眠的城市的夜景）

切至

8.（内景）　淑燕的卧室　夜

急促的电话铃声唤醒了酣睡中的淑燕。

她闭着眼睛摸索着打开了床头灯，撑起沉重的眼皮。闹钟显示2:20（凌晨）。

淑燕（面露愠色）：Hello？

温迪（画外音，轻声地）：是我。

淑燕：这么晚了，你在搞什么鬼呀？

温迪（画外音）：我现在真像是一个无家可归的孤魂野鬼。

一声炸雷，电光拔地而起。

淑燕感觉情况有点异常，此刻她已睡意全无。

淑燕：你在哪儿？你现在在哪儿？嗯，好的，知道了，我马上到。

切至

9.（内景）　温迪和张驰的家　夜

张驰走出电梯，看上去雨水并没有浇灭他的怒火，他用手把贴在脑门儿上的头发捋到一边。

童声（画外音）：爸爸？

张驰（吃惊地）：你站在这里干什么？

（镜头推近）温迪和张驰的儿子——天佑，光着上身，下身只穿了一个三角裤头，脸上还挂着哭过的泪痕，站在自家门口。

　　天佑（带着哭腔）：妈妈去哪儿了？

　　张驰：这么晚还不睡，是不是想找抽啊？

　　天佑还站在原地不动。

　　张驰（吼道）：还不滚回去睡觉，跟你妈一样固执。

　　张驰话音未落，天佑已消失得无影无踪。

切至

10.（外景）　街道　轿车　深夜

　　暴雨中一辆奔驰轿车沿着马路的边缘缓缓行驶。

切至

11.（内外景）　淑燕的轿车内　街道　深夜

　　片刻后，淑燕将车停靠在路边，还未等车停稳，一个黑影蹿出，用力拍打着副驾驶窗。淑燕打开车门，温迪旋风般地钻入车内，淑燕着实被她的样子吓着了。

　　淑燕：你被打劫了？

　　淑燕顺手递给她一盒纸巾，温迪擦拭着脸上的雨水。

　　温迪（凄楚地）：我很抱歉，这么晚了叫醒你。

　　淑燕：你受伤了？

原创电影文学作品

温迪没有应答。

淑燕（连珠炮似的）：到底发生了什么事？你报案了吗？

温迪（异常冷静地）：劫匪是我的丈夫。

淑燕惊异地向她投去难以置信的目光。温迪避开了她的目光看向窗外，她用尽全力抑制住瞬间决堤的泪水。车内顿时笼罩着死一般的寂静。

淑燕意识到这个沉重的话题显然不宜在此深谈，借着窗外一闪而过的街灯，淑燕用余光看见了温迪带血的赤脚。

淑燕28岁，比温迪小几岁，但她却具有一种与她的年龄不相符的沉稳、坚定和果敢的气质，而且十分善解人意。

她一脚踩下油门，车子顿时冲了出去。

切至

12．（外景）　街道　轿车　深夜

雨越下越大，淑燕的轿车像是钻进了水帘洞，将这座城市远远地抛在了后面。

（配乐响起）

13．（外景）　海边别墅区　深夜

一条蜿蜒道路的一侧，是修缮很好的大片绿地，从高处向下延伸至海边，另一侧是一幢幢风格迥异、由大面积的花坛间隔开来的豪宅，汽车驶入一幢三层欧式风格大宅的环形车道，停在门前的一块空地上。

 美丽依旧

切至

14. （内景）　温迪和张驰的家　深夜

昏暗的屋里只亮着一盏小台灯，张驰给自己倒了一杯 XO，在经过桌边时，发现上面有一张名片，他随手拿起（特写镜头对准名片）：新加坡宝龙集团中国区市场总监林淑燕。

他放下名片若有所思，随即又将名片放入自己的衣袋中。

他重重地坐在沙发上，拿起电话拨打温迪的手机。

温迪的手机（画外音）：您拨打的电话已关机。

张驰：臭婊子，你给我等着！

他将杯中的酒一饮而尽，打开电视，调到体育频道，渐渐地，他昏睡过去。

切至

15. （内景）　淑燕的卧室　浴室　深夜

温迪接过淑燕递给她的药水，涂抹在伤口上。疼痛，使她发出轻微的呻吟。

稍后——

淑燕：这是你的换洗睡衣，要我帮你包扎吗？

温迪：不用了，我自己可以搞定，你先睡吧，别等我，我很快就好。

淑燕：你要仔细消毒哦，别感染了，天气这么热。

温迪：好的。现在已经不流血了。谢谢！

停顿——

淑燕：这种事经常发生吗？

温迪：也许生活对我来说并不像扮演的那么幸福，有时我觉得自己就像一个小丑。

淑燕：的确令人震惊。

温迪无语。

淑燕：你先慢慢洗吧，把脚包好注意不要淋湿。

温迪露出感激的神情。

温迪：你放心，我会注意的，你赶快抓紧时间睡觉吧。

切至

16. （内景）　淑燕的浴室　深夜

温迪打开花洒，雾气很快弥漫开来，她褪去破破烂烂的裙子，索性连同内衣裤一同丢进了垃圾桶。她用手抹去镜上的雾水，审视着镜子中的自己，抚摸着身上已泛黄的旧伤和新添的瘀青。

温迪（画外音，自嘲道）：你他妈的怎么可以这么美。

渐渐地，泪水模糊了她的视线，也扭曲了她凹凸有致的好身材。

17. （内景，同上，稍后）　深夜

温迪站在花洒下，冲刷着自己的屈辱，思绪也在雾气中变得缥缈。

黑场

 美丽依旧

传来水声。

渐显

切至

18.（内景）　温迪的广告公司　办公室套房内　夜

（我们的视线）昏暗的房间里只有大班台上的一盏台灯散发着柔和的光，别致的灯下摆放着温迪一家三口的合影，（镜头推近）紧靠在一起的三人都绽放着幸福的笑容。尤其是他们的儿子天佑，被夹在中间，充满稚气的脸上挂着两道月牙般的眉毛，再配上一颗小虎牙，有着一种天然搞笑的神情，十分惹人疼爱。

（镜头推移）条桌上摆放着简·奥斯汀、米兰·昆德拉以及马尔克斯的作品，最边上放着一本夹着书签的《走出非洲》。

靠椅后面的墙上挂着一幅临摹得还不错的凡·高的画作——《田野里的老教堂》。画面四周布满血色，月亮高挂，画中的女人腰板笔直，步伐坚定，向目标走去。油画框装裱得十分精致，可以看出主人对这幅画的喜爱。

小会客区的墙上，则挂着一幅装裱考究的字，这是温迪的父亲写给她的一幅字，上面写着：铁石梅花气概，山川香草风流。

房间内笼罩着一片深沉的寂静。

这时套房的门开了，温迪穿着一条吊带蕾丝裙走了出来，右手端着一杯红酒，左手拍打着湿漉漉的长发，绕过吧台坐进了扶手椅里。

她呷了一口红酒，细品着，神情里透着一种满足感。她顺手拿起那本夹着书签的《走出非洲》，翻开看着。

张驰（画外音）：宝贝儿，你真的很美。

温迪吓得从椅子上跳了起来，酒水洒在裙子上。

温迪：你吓死我了，这么晚了你来干吗？

张驰摇了摇头，从容地点了根烟，坐在黑暗的角落里平静地吸着。（尽管镜头的角度使我们看不到他的脸，却能看到黑暗中移动的火星）

张驰：你听听你在说什么？我是你的丈夫，我来接你和儿子回家，你们俩不能总是住在办公室吧？

温迪：这个问题应该问你自己，并且答案你也是知道的。况且我和儿子住在这儿要比家里安全得多。

张驰起身向温迪走来。

张驰：宝贝儿，我们能不能好好谈谈？

温迪：等你清醒的时候再谈吧，何况……

张驰：我没喝多。

温迪不想再多说什么。

张驰：宝贝，对不起，都是我的错，我不是有意想伤害你，只是有的时候我总是觉着你在逼我，我真的很爱你，这一点你是很清楚的。

温迪撩起裙子，指着大腿上大片已泛黄的瘀青。

温迪（情绪有点儿失控）：这就是你所谓的爱，都写在这儿了！这也是我逼你做的吗？

张驰突然跪伏在温迪的膝头，抚摸着伤痕，像孩子般无比内疚地哭泣着。

张驰：我常常在想，我们这是怎么了？究竟哪里出了问题，从什么时候开始这一切都变了味儿。

温迪（木然流泪）：从那个夜晚开始，我们就不可能再回到从前了。

张驰抬起头用一种几乎乞求的目光看着温迪。

张驰：也许我们可以从那个夜晚重新开始。请再给我一次机会，为了我们的儿子，好吗？

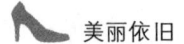

温迪沉默不语。

张驰：亲爱的，我相信我们有这个能力，从停下来的地方再重新出发。

温迪目光坚定。

张驰：每次看到你的这种样子，我就受不了，你到底想要我怎么做？

温迪（冷冷地）：今晚你和她在一起，对吧？

张驰一怔。

温迪：长期以来每周你总有两个晚上去公司加班，很晚才回家，怎么样，偷吃的感觉很爽吧？

张驰：你在跟踪我？

温迪：很不幸，那天你在冲凉的时候，她发了很多信息，恰巧被我看到了，所以尽管儿子考了高分，尽管我为此特意做了一桌子菜来庆祝，尽管孩子很希望我们能答应陪他去水上乐园，当然你不会在意这些，竟然连饭都顾不上吃，就去加班找那个婊子去了。

张驰：她不是婊子。

温迪迎着他的目光，没有退缩。

温迪：我认为她是。

一阵死寂。

张驰：今晚我是和她在一起，是想和她谈谈，做一个了结，我告诉她，我是不可能离婚的。

温迪：但你想和她长期保持情人关系，所以我们的婚姻是三人行，你把我当成什么了？

张驰：你总得给我一点时间来……

温迪（打断他）：你的谎言令我作呕。

温迪拿起桌上的酒一饮而尽，像是在给自己打气。

她拉开抽屉，拿出两份打印好的《离婚协议书》，推到张驰面前。

温迪：我已经签了，麻烦你也签个字吧。

原创电影文学作品

张驰拿起协议书看着，酒精的作用使他满脸通红。渐渐地，他脸上的肌肉开始横向延伸，面目开始变得狰狞。

温迪感觉不妙，连忙起身。

温迪：明天一大早还要去参加宝龙集团的新产品发布会，我先去睡了。你也早点儿回去休息吧。

温迪起身朝套间走去，张驰一把将她拉回。

张驰：你早就策划好了是吧？是不是看上哪个男人了？哦，我想起来了，那天的新闻发布会上，你和那个李总眉来眼去地聊得那个亲热啊，你看上他了？那天我去的真不是时候，扫了你俩的兴！

温迪：闭嘴！

（画外音）啪！

一记耳光将温迪扇进了椅子里，血从嘴角慢慢渗出。

张驰：如果你心里不平衡，我可以允许你和他上床，要不要我现在就给他打个电话。

温迪（怒不可遏）：无耻！

张驰抓起温迪的头发，将她重重摔在地上，并把《离婚协议书》撕得粉碎，甩在她的身上。温迪挣扎着站了起来，想走开，张驰一把将她拉回摁在桌上再反扣住她的双手。

此时趴在桌上的温迪动弹不得，发出闷声，她挣扎地蠕动着。

（我们的视线）张驰的脸上掠过一丝狞笑，恶意猝然爆发，荷尔蒙的野蛮气味弥漫在空中。

他撩起温迪的裙子，一把扯下她的内裤。

黑场

温迪被耻辱的电流击中，发出惨叫声。

温迪（画外音）：畜生！

稍后，是男人原始的低吼声和温迪的抽泣声。

张驰（冷得瘆人的声音）：离婚你想都别想，我会告诉所有的人，你是个婊子！

天佑（画外音）：妈妈……

（画外音）重重的关门声传来。

张驰（大喊）：温迪！

渐显

切至

19. （内景）　淑燕的卧室　深夜

暴雨过后，空气里夹杂着海水的咸味儿和淡淡的花香，格外清新宜人，微风吹拂起白色的纱幔，鹅黄色的纱灯散发出无比柔和温暖的光芒，小茶几上摆放着两杯红酒，淑燕倚在旁边舒适的沙发里睡着了。

温迪轻轻从浴室走出，她看到睡在小沙发里的淑燕，淑燕听到动静，努力撑起沉重的眼皮。

温迪：你没去睡？

淑燕：脚还疼吗？

温迪：不痛了。

淑燕用眼神示意她坐下。

淑燕：想喝一杯吗？

温迪：我真需要来一杯。

原创电影文学作品

　　温迪坐在另一侧的沙发里，她们默契地同时举杯，淑燕呷了一口而温迪却一饮而尽，感觉像是将整杯酒直接倒进了口中。

　　淑燕又给她添了一杯。

　　淑燕：也许你想说点什么？

　　温迪：那我还得喝上一杯。

　　说完，她又往嘴里倒了一杯酒，显然这个话题对她来说并不轻松。

　　温迪：对不起，我从来没有向任何人提起过我真实的生活，包括我的家人，（停顿）我不是不信任你的友谊，是因为那无疑是在展示自己的耻辱给别人看，除非我疯了。

　　淑燕：这不是你的错。

　　温迪：没人会信。

　　淑燕：这种想法，会把你带入绝境。

　　温迪的心被刺痛。

　　温迪：可这一切真的难以启齿。

　　淑燕：这种情况是从什么时候开始的？

　　温迪：天佑六岁的时候，他出轨了，一切就毁了……

　　闪回

切至

20.（内景）　某购物中心　黄昏时分

　　温迪走进一家耐克专卖店。

男售货员：欢迎您光临本店。

温迪（面带微笑）：我想给我先生买一双适合长跑的鞋，您有什么好的推荐？

男售货员（胸有成竹）：太太，我想给您推荐这一款。

男售货员从架子上拿给温迪看，并介绍道：这是刚出的新款，透气性非常好，减震性强，而且轻便舒适，能保护脚腕，款式还非常时尚。

温迪仔细看过后觉得很满意。

温迪：就它了，您帮我拿双45码的，黑色。

稍后，男售货员将打包好的鞋递给温迪。

男售货员：太太，今天应该是一个特殊的日子吧？

温迪：是我丈夫的生日。

男售货员：那这是一份太合适不过的礼物了，您先生一定会非常高兴，祝您先生生日快乐！

温迪：谢谢您贴心专业的服务。

切至

21.（内景，同上，晚些时候）　　黄昏

温迪走进一家童装店，给天佑挑选衣服。她认真地挑选搭配着，直到满意为止。

温迪（对女售货员）：我就要这套。

女售货员：太太，您的眼光真好！

切至

22.（外景）　购物中心外　步行街　傍晚

　　起风了，远处传来一阵闷雷声。天空阴云密布，温迪在拥挤的人群中穿行，这时她的手机响了，屏幕显示一个陌生的号码。
　　温迪：喂，喂，请说话……如果您不说话，我就挂了。
　　陌生女人（画外音）：您，您就是张驰的太太温迪吗？
　　温迪：是我，您是？
　　陌生女人（画外音）：我，我只是想和你谈一下，我和你丈夫的事儿。
　　温迪收住脚步，心陡然下沉。她屏住呼吸，屏蔽了周围的一切。雨渐渐下大了，奔跑躲雨的人们将她撞得东倒西歪，她却浑然不觉，迷失在风雨中。
　　（镜头渐渐拉高拉远）温迪独自一人站在路中央，已被大雨浇透了。

切至

23.（外景）　街道　傍晚

　　温迪失魂落魄，漫无目的地游走在街道上，汽车从她身边嗖嗖地疾驶而过，她全然不知。
　　（我们的视线）温迪突然横穿马路。伴随着一阵刺耳的鸣笛声和尖利的刹车声，一辆大货车在距离温迪一米处猛然停住。一束强光射向她。紧接着货车司机探出头来向她怒吼。

  货车司机：你他妈的想找死啊！不想活就死远点儿，别他妈的害我！

  温迪神情恍惚，像是一只被吓呆的小鹿。

  黑屏

  货车司机的谩骂声（画外音）在持续。

  淡出

  当下——

  淡入

         切至

24. （内景） 淑燕的卧室 凌晨

  温迪：那个夜晚，我痛到不能说话，真正体会到什么是心碎的感觉。

  淑燕拭泪。

  温迪：我迷失了……而那片被人遗忘的海滩，便成了我尽情宣泄的自由之地。

  （特写镜头）从温迪的眼眸中映现出……

原创电影文学作品

切至

25.（外景） 海岛 下午

又是一个桑拿天，浓雾笼罩着海岛，温迪朝着相熟的船家走去。

船主是一位看上去比实际年龄要大一些的30多岁皮肤黝黑的强壮男人，他正在忙着手里的活儿，远远地看到温迪向他走来。

船主（汕头方言，热情地）：温老板，怎么这么久都没来了？

温迪（汕头方言）：我很想来，但很多事要忙，没时间过来。

船主：有的忙是好事，忙就有钱赚。

温迪：托你吉言啦。（停顿）肥仔还没有放学？

船主：我正准备去接他呢。

温迪：好久不见，还挺想他的。

船主：前两天还念叨说，温迪阿姨怎么不来开船啦？

温迪（笑）：这孩子真有心。

船主跳进小船，解开绳索。

船主：前几天我刚换了一个新马达，好开多了，你试试看。

温迪：谢谢！

船主：那你先开着兜兜风。（他看看表）时间差不多了，我去接肥仔，今天的虾很甜，晚上就在这吃。

温迪：好。哦，我差点忘了，（她从包里翻出一个盒子递给他）你把这个遥控飞机带给肥仔，他一定会喜欢的。

船主：这哪里好意思，你怎么买这么贵重的东西给小孩？

话音未落，温迪已跳上小船发动起马达，小船轻松地跃上海面，她回头

 美丽依旧

向船主竖起了大拇指。

　　　　　　　　　　　切至

26.（外景）　　海中小岛　　下午

小船靠岸后，温迪熟练地将绳索套在了一块礁石上。

　　　　　　　　　　　切至

27.（外景，同上，稍后）　　下午

（配乐响起）（镜头俯拍）海岛上有一片被人们遗弃的海滩，大大小小奇形怪状的礁石恣意生长，生命力顽强的茂盛植物相互纠缠在一起，抵抗着风雨，张扬着各自不同的姿态。
温迪踏着浅滩，沿着海岸线向前走，身后留下串串脚印。她的花裙被海风吹起，像一朵盛开的鲜花，美丽无比，惊艳了整片海滩。

　　　　　　　　　　　切至

28.（外景）　　海滩　　落日时分

（我们的视线）温迪用手抱头在痛苦中挣扎，她的脑海中不断地显现出痛

苦的画面……

闪回

29.（内景）　温迪和张驰的家　夜

（画面中没有声音）温迪和张驰无休止地争吵。张驰显然又喝醉了，暴怒中他一脚踢翻摆满饭菜的桌子，地上一片狼藉。一记重重的耳光，在温迪的脸上留下了五个指印。他揪住温迪的衣领，将她的头撞在墙上。天佑见状大哭起来，呼喊着妈妈，张驰停手。他不断地威胁温迪，而温迪没有一滴眼泪，用倔强的目光直视张驰，盛怒之下他摔门而去。

（简短的特写）发抖中的天佑，脚下留下了一摊尿。

温迪将天佑紧紧搂在怀中，越搂越紧。

切至

30.（外景）　海滩　落日时分

温迪躺在沙滩上酣畅地哭泣，极度的痛苦使她痉挛得蜷缩成一团。

张驰（画外音）：你给我听清楚，我不想离婚，我仍然还爱着你，我不能没有你，如果你要离开我，我就杀了你，杀了你，杀了你……

31.（外景，同上，稍后）　黄昏

火红的落日将海面染成金色，也照亮了整片海滩，景象壮丽无比。坐在

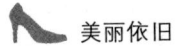 美丽依旧

温暖画面中的温迪，内心感受到的却是彻骨的寒冷。

切至

32. （内景）　船主的家　傍晚

船主的太太做了一桌海鲜。

温迪（汕头方言）：哇哦，好吃啊！做了这么多，谢谢你，太辛苦你了！

船主太太（汕头方言）：都很随便的啦，现在可以吃了。

（温迪的主观视线）肥仔正在认真地洗茶、洗杯，之后将第一道茶倒入公道杯，然后再分别倒入三个白色的薄瓷小杯中，每一道程序一丝不苟。完成后他终于松了口气。

肥仔（汕头方言，冲着温迪）：姨姨喝茶，好茶呀！

温迪走过去，坐在他身边，接过他递上的一杯茶品了一口。

温迪（汕头方言，陶醉地）：嗯，好茶呀，谢谢肥仔！姨姨觉得肥仔泡的茶最好喝！

温迪亲了一下肥仔胖嘟嘟的脸，之后将脸别过去冲着船主太太。

温迪（汕头方言）：时间过得太快了，转眼肥仔都上一年级了。

温迪看着这一桌丰盛的海鲜大餐，还真有点饿了。这时肥仔拿着遥控飞机，跑到温迪面前。

温迪（汕头方言）：会玩了吗？

肥仔拿起遥控器，飞机摇摇晃晃地起飞了，突然它像失控了似的，横冲直撞，人们发出尖叫声。

船主（汕头方言）：小心！肥仔，先关掉，这样会伤到人的！

（温迪的主观视线）她看着空中这架像个无头苍蝇一样东冲西撞的飞机，

被触动了，若有所思。

切至

33.（内景）　淑燕的卧室　凌晨

晨曦微露。

温迪：我不知道为什么，在我的婚姻里，快乐变得这么难，就像掉进了沼泽，越陷越深，孤立无援，无力自拔。

淑燕：当他伤害你时，为什么不报警？

温迪：报警？他们能做什么？他们只会说，这是你们的家事，床头打架床尾和。

淑燕：你应该告诉他们真实的情况。

温迪：没有人会相信你的一面之词，这无疑是在做一件自取其辱的蠢事。

二人沉默。

温迪：也许忍耐一下，度过这段艰难的时期，一切就会慢慢好起来。

淑燕：家暴是不会自动消失的。（停顿）我在澳洲读书时，选修了一门心理学课程，也许是出于对人的好奇心，学习关于家暴的心理分析。老师给我们讲了很多真实的案例，就像在看惊悚片。深处家暴中的女人误认为这是隐私而羞于启齿，而施暴者却变本加厉，最终把她们逼向绝境。

温迪：也许她们无法承受抗争的后果，或许她们安于现状是因为这一切来之不易，更重要的是对于未来的恐惧。

淑燕：当生命受到威胁时，这一切都不重要，温迪，这是一条没有尽头的黑暗之路。

温迪：而改变这一切，不仅需要勇气，还需要能力。

美丽依旧

淑燕：你具备这个能力，很多人选择隐忍，是因为经济上无法独立，或者迫于淫威的震慑。而你不同。

温迪：我？（停顿）我想我的情况还没那么糟。

淑燕：但看上去也并不妙。依我看，你不仅失控，而且面临着很大的危险。

温迪（被刺痛）：改变是需要付出代价的，也许是生命，而改变的结果谁能保证就一定比现在更好呢？如果我也像你一样，有一个上市公司的老爸可以为我安排好一切，那就容易多了。可惜我没有，但我认命了。你是含着金钥匙出生的，而在我的字典里，没有"容易"二字。

淑燕：那就祝你好运吧。顺便我也想告诉你，在我的字典里也没有"容易"二字。

温迪意识到自己失言了。

温迪：I am so sorry！（停顿）请原谅我。事实上，我从心里感激你对友谊的忠诚。

沉默片刻。

温迪：其实我也一直在努力尝试改变现状并寻找突破口来摆脱这一切，但结果你今晚都看到了，所以我需要时间。

淑燕（坚定地）：愿上帝保佑你。不过你始终要记住，家暴没有理由，上帝没有赋予他伤害他人的权利，却赋予所有人去爱他人，以及平等和自由的权利。

温迪被淑燕的话深深地震撼了。

淑燕：温迪，结束噩梦依靠的终究还是自己。

切至

数日后——

原创电影文学作品

34. （内景）　　总工程师办公室　　日

张驰正在通电话，像一个很绅士的好男人。

张驰：这批设备一定要确保质量。

男（画外音）：张工，这一点您尽管放心，我派三个人去您那里协助您安装调试，您是行业里的专家，有问题请多多指教。

张驰：哈哈哈哈，你过奖了，等安装调试没有任何问题后，我会申请批准给你付清尾款。

男（画外音）：谢谢张工，有情后补，到时我会专程拜访，以表谢意！听说张工是海量啊，到时我们一定痛痛快快地喝一顿。

这时女秘书走进来，拿了份文件示意张驰在空白处签名。

张驰：好，就这么定了，我现在要处理一点事，改天咱们再聊。

张驰（对着女秘书）：李总那边要派三个技术人员过来，负责机械设备的安装调试，你安排一下食宿，标准，就按常规办。

女秘书：好的，我马上去安排，还有其他的事儿吗？

这时，张驰的手机响了，他向女秘书摆摆手，秘书退出。

张驰：喂？

女（画外音）：你是张天佑的爸爸吗？

张驰：我是，您是？

女（画外音）：我是张天佑的班主任吴老师。

张驰（热情地）：吴老师您好！

吴老师（画外音）：张天佑同学病了，发烧39度，现在校医务室观察，您现在能来接他吗？我给他妈妈打电话，一直关机。

张驰：谢谢您，我马上就到！

切至

35.（内景）　温迪的广告公司　日

温迪从设计室忙碌的雇员中走过，她身着一身职业套装，显得干练利落。为遮盖眼伤，特意佩戴了一副时尚的眼镜，这让她平添了几分优雅的书卷气。在她身边走着的是她的助理——潘娜小姐。

温迪（对着潘娜）：李总要的20周年庆典活动方案出来了吗？

潘娜：刚出来。

温迪：送到我办公室来。

潘娜：好的。噢，温总，上午张工来过几次电话，说有急事找你。

温迪：知道了。

温迪大步走进自己的办公室，她打开关闭的手机，屏幕上显示出一长串留言。

张驰（画外音）：亲爱的，儿子病了，烧得很厉害，现在中心医院住院部303房。

温迪感觉到一阵眩晕。

切至

36.（内景）　某市中心医院病房　日

天佑躺在病床上睡着了，头上敷着冰袋，手上输着液体，护士正在给他换第二瓶，张驰坐在床边观察着。

原创电影文学作品

　　护士（轻声地）：长时间输液会让孩子的手臂感到不适，要注意不要让他乱动，防止针头脱落。

　　张驰（一副好男人的样子）：好的，谢谢你！

　　护士：不谢！（停顿）看得出您是一位好父亲。

　　张驰回了她一个诚恳的微笑。

　　护士小姐走出病房。

　　这时张驰收到一个短信，屏幕显示：亲爱的，今晚有空吗？想你了。

　　张驰放下电话，他想了一下，小心翼翼地固定天佑的小手后，走出了病房。

　　（我们的主观视线）透过病房的玻璃窗，可以看到张驰在走廊通电话，神情暧昧。

　　（特写镜头）天佑正在熟睡，小脸苍白而平静。

切至

37．（外景）　　某市中心医院　　日

温迪的车驶过医院前院，停车，她从车里出来，一路小跑，越跑越快。

切至

38．（内景）　　天佑的病房　　日

张驰在给天佑喂白粥，温迪推门进来，风尘仆仆，喘着粗气。

天佑：妈妈。

温迪：臭蛋子。

她抱住天佑，将自己的脸紧紧贴在他的小脸上，两张脸"粘"在了一起。

张驰（语调温和地）：儿子是急性肺炎。

温迪没有搭理他，也没有看他一眼。

这时一位50岁左右的男主治医生推门走进病房。

温迪和张驰同时起身。

温迪：医生您好！

主治医生含笑点头走到天佑的床头，用手摸了摸他的脑门儿，又从天佑的腋下取出温度计。

医生：36.8℃，好在你们送院及时，病情才得以控制，但还需要住院观察、治疗几天。夜里孩子需要大人陪护。

张驰和温迪（同时）：我来陪。

医生笑了。

医生（亲切地）：吃的要清淡一些，海鲜、牛肉都不要吃，可以给孩子煲点猪肝青菜粥，睡前最好用温水给孩子擦擦身。

温迪：好的，一定照您说的办，谢谢您了！

医生：天佑真是个好孩子，很坚强。

天佑迅速地带着得意的神情看着温迪，温迪回了他一个鼓励的眼神。

温迪将医生送至门口，握手告别后又回到天佑的身边，帮他轻轻按摩输着液体的小手，空气中弥漫着令人难挨的尴尬气氛，温迪没有看张驰一眼，完全无视他的存在。

天佑看看张驰再看看温迪，张驰给天佑递了个眼神儿，示意他，天佑马上领会了。

天佑：妈妈，爸爸说等我病好了，就带我去水上乐园玩儿。

温迪：哦。

天佑：爸爸说，我考了高分要奖励我，所以他特意请了几天假，陪我去玩。

温迪：所以你要先好好养病，等病好了，想去哪里都可以。

天佑：我就想去水上乐园玩儿，我同学去过那里，说特别好玩儿。

温迪：OK，没问题。

天佑：妈妈，你也要和我们一起去。

温迪拉过天佑的小手指着手心的窝。

温迪：妈妈要给宝宝赚钱呀！

天佑（带着哭腔）：我不要你给我赚钱，我要你一起去，你现在就答应我，一起去，一定要去！

温迪狠狠地瞪了张驰一眼，像是在说你又想利用孩子来耍花招。

天佑（坚定地）：妈，你现在就要保证，一定和我们一起去。

天佑的脾气像极了温迪。面对虚弱的儿子，温迪别无选择。

温迪：我答应你。

天佑：Yeah！

切至

39.（内景）　　天佑病房外　走廊　夜

温迪静静地站在窗前看着城市的夜景。

张驰从病房走出，他来到温迪的身边，温迪排斥地与他拉开了距离。

张驰（用他所能用到的最温柔的语调）：亲爱的，你先回去睡吧，今晚我来陪儿子，你放心吧。

温迪（怒从中来）：你到底想干什么？你总在利用儿子来达到你自己的目的，这次你休想得逞。

 美丽依旧

张驰：刚才是你自己亲口答应儿子的。

一阵沉默。

张驰（诚恳地）：我知道，我已经不具备这个资格来请求你的原谅了。

温迪：这是明智之举，你没有必要再在我身上浪费时间了。

张驰：我知道自己做错了事，也没有指望逃脱你的惩罚，所以任凭你处置。但眼下，我们先冷静下来，一切为了我们的儿子，好吗？我求求你！

张驰动情地流下了眼泪。温迪却无动于衷，厌恶地瞟了他一眼。

切至

40. （外景）　某大型水上乐园　日

天佑被张驰和温迪紧紧地夹在中间，在巨大的海盗船上荡漾，温迪和天佑发出尖叫声。

切至

41. （内景）　某五星级酒店套房内　夜

张驰和天佑相互用枕头攻击着对方，张驰扛起天佑，满房乱跑，天佑虽然抗拒着，但却很享受。温迪坐在沙发上，看着她喜欢的综艺频道的节目，不时用眼角的余光看着他俩。

张驰把天佑轻轻地扔在了席梦思床上，他俩交换了一下眼神，天佑拿起枕头扔向温迪，温迪起身反击，三人打成一片。

切至

42.（内景，同上）　清晨

晨光透过白色的纱幔照进屋内，这是一个安详而宁静的清晨。
（镜头推移）温迪搂着天佑睡在大床上，张驰则一个人睡在沙发上，三人都在熟睡中。

切至

43.（外景）　水上乐园内　夜

温迪一家三口，坐在一个"合家欢滑道"的浮圈里，在高低起伏的滑道上，一路欢笑滑行。（我们的视线）当浮圈沿着轨道慢慢上行至顶部时，三人紧紧地靠在一起（特写镜头对准他们的背部），张驰的手绕过天佑伸向温迪的腰间，他搂住了她，并使其无法挣脱。他越搂越紧，当浮圈向下俯冲的那一瞬间，三人发出欢唱的尖叫声。浮圈冲入底部水池中，巨大的浪花将他们淹没。

切至

44.（内景）　酒店　温迪的房间　日

张驰和天佑坐在沙发上聊着什么，温迪坐在扶椅中看着电视。

张驰:你想吃冰激凌吗?

天佑(兴奋地):想吃。

张驰给客房服务人员打电话。

张驰:请问你们有冰激凌吗?嗯……好的,我要两个草莓味儿的,一个巧克力味儿的,还要一个抹茶味儿的。好的,谢谢您。

这时,张驰放在床头柜上的手机发出了连续不断的嘟嘟声,张驰瞟了一眼手机,但他没有理会,温迪注意到了这一点。

切至

45.(内景,同上,晚些时候)　　夜

房间里黑暗寂静,借着窗外路灯映照的些许微光。
(我们的视线)张驰从沙发上起身,爬上温迪的床。
温迪(愠怒):你想干什么?
张驰:放心,我不想干什么,只想在你身边躺一会儿。

黑场

(画外音)张驰的喘息声和低吼声。

渐显

切至

46.（内景，同上）　　日

（我们的视线）晨光熹微，张驰将温迪拥在怀中熟睡。

切至

47.（内景）　　温迪的广告公司　　会议厅内　　日

　　会议厅的长条桌两边，分别就座的是雅园集团的市场总监李煜一行人及温迪和她的设计团队。他们正注视着投影上的系列新款茶叶包装设计图。
　　温迪公司的设计总监阿文正在给大家讲解着设计理念。
　　阿文：这组不同规格的包装设计，主旨是为了满足不同消费人群的需求，将实用性和观赏性相结合，凸显人文特征，简约雅致，体现平凡而脱俗，淡雅而不乏底蕴。在用色上希望给人一种质朴、回归自然的清新之风，让饮茶人体会到一种意味深长的茶境。
　　掌声随之响起。
　　阿文：谢谢大家的鼓励，接下来我请大家观看我公司为贵公司20周年纪念活动所拍摄制作的短片。
　　短片开始播放：（画面）晨曦微露……
　　（配乐响起）屏幕上出现一行字幕："福建　安溪"。
　　（航拍）山势险峻，蜿蜒伸展，峰峦叠嶂，在海拔1 200多米的高山上，

 美丽依旧

浓雾时常笼罩着群山，可谓"高山云雾出好茶"。

犹如仙境般的奇妙之地真是"一道山峦一道景"。层层叠叠、梯田式的茶园里，茶香四溢……

温迪似乎被眼前壮美的画面所触动，思绪缥缈……直到掌声响起，她才缓过神儿来。

温迪展露出亲切的笑容，热情邀请李总讲话。

李煜，约45岁，身着做工精良的修身西服，配着一条很有品位的小丝巾，时尚里透着一种儒雅的书卷气。他行事低调谦和，很有绅士风度，在众多客户中，温迪对他最为欣赏和尊敬。

在大家热烈的掌声中，李煜起身。

李煜（开门见山）：新产品系列包装设计，符合我公司的市场定位和独特的文化气质，传达出健康的理念，引导人们把饮茶作为一种生活习惯，让人们与茶结缘。创意新颖，从形式到内容，从物质到精神方面，拓展了茶文化的内涵，令人耳目一新。当然，在细节方面还有不尽如人意之处，等一下我们的营销人员会和设计师们一起做进一步的深入沟通，力求做到最好。

宣传短片以独特的视角，在展现安溪得天独厚的地理环境的同时，揭示茶的制作是按照自然天体的运行规律完成的，即天、地、人、茶之间的奥秘在铁观音上得到了完美诠释，可谓"道法自然"。总之，铁观音这一伟大的茶品承载着深厚的文化内涵和愉悦健康的生活方式，一句话，宣传短片拍得很棒！独具匠心！

我代表总公司感谢贵公司的创作团队为此所奉献的才华和努力！也谢谢温总，大家辛苦了！

温迪带头鼓掌，接着大家都把目光投向温迪，期待她的讲话。

温迪（起身，兴奋地）：两个字，同上。

所有人都大笑起来。

温迪：另外补充一点，中午请大家吃海鲜大餐，下午继续工作。

原创电影文学作品

大家鼓掌表示热烈赞同。

温迪走向李煜,亲切的笑容里充满了感谢之意。

温迪:请您到我办公室来一下,我想请您品鉴我收藏的一道 30 多年的"老枞水仙王"。

李煜:太好了,我正好茶瘾犯了。

切至

48.(内景) 温迪的办公室 日

温迪身着一袭浅粉色套裙,将凹凸有致的好身材包裹得玲珑有致。在宁静而舒适的办公室内,温迪播放了背景音乐,室内平添了一些艺术的气息。

温迪对李总释放出主人的热情和善意。

温迪:李总,请坐。

李总:好精美的茶具,很专业嘛。

温迪:对于泡一道好茶来说,"缺一则废"呀!

李总:说得对,好茶还需好器啊!

温迪拉开一个锈迹斑驳的易拉茶罐递给李总让其观察成色,只见他把鼻子伸到茶罐中贪婪地探嗅着,似乎要将这罐老茶的气味一网打尽。

温迪(试探地):是不是陈年的气息扑面而来呀?

李总:似乎远不止这些。

李总似乎对这罐老茶产生了浓厚的兴趣,他将茶罐递给温迪。温迪专注于冲泡的每一个步骤,但动作看上去并不十分流畅。

温迪:给您这个茶专家泡茶,我很紧张,压力好大啊!发挥失常了。

李总:哈哈哈,不着急,您慢慢泡。

 美丽依旧

李总仔细观察着办公室内的一切，淡淡的书香混合着悠远的茶韵而产生的独特气息，带给人的闲适和超然的感觉，令他陶醉。最后他将目光锁定在那幅装裱考究的凡·高画作《田野里的老教堂》上，露出欣赏的神情。温迪注意到了这一点。

片刻后——

温迪（轻柔地）：李总，请喝茶。

李总做了一个叩谢的手势，他将杯中的茶水含入口中后，用舌头轻轻搅动，神情专注地感受着这道老茶，然后滑入喉底。

李总（汕头方言）：好茶啊！

温迪很兴奋，因为得到李总的肯定就意味着她的收藏是有价值的。此时李总兴味盎然。

李总：温总，接下来由我泡好吗？

温迪：当然，太好了！这是难得的学习机会。

温迪迅速起身和李总交换了座位。

温迪全神贯注地欣赏着李总行云流水般的泡茶手法，在温迪看来，他并不是在炫技，而仿佛是在与茶对话。

李总：您看这汤色，晶莹通透，上面是一层厚厚的浮油，这就是俗称的"黄金变"。您再感受一下，入口轻滑如丝，汤水黏稠起胶，入肚后周身温暖，渐渐发汗。

温迪像听天书一样，虽一脸懵懂，却十分着迷。

李总：这真是一道可遇而不可求的好茶啊！

温迪点头，暗自窃喜，得意自己收藏的眼光。

李总：要想泡好一道岁月留痕的老茶，一要静心，屏蔽浮躁；二要专心了解它的茶性，就像了解不同的人一样；三要与之真诚沟通，就如同交友。茶是有生命的，在你的手中使它鲜活起来，赋予它生命的内涵，也许这就是所谓的茶如人生吧。

温迪：听上去倒像是一个神交的过程。

李总：这是它的诱人之处，也是饮茶的最高境界。温总，请！

二人同时喝下，一起感受着这道底蕴丰厚的老茶。

李总（感叹道）：真乃醇厚甘绵，意味深长啊！

温迪（似乎悟到了点什么）：一个灵魂丰富的人，方能解读一道岁月留痕的老茶，而人云亦云者，永远无法解读，这，是一种境界。

李总（认同地）：是啊，茶人合一嘛。哎，温总，你刚才的那句话可以记录下来当广告词了。

他们由衷地笑着，坦率而真诚。

温迪起身，从一个小柜子里拿出两罐他们刚刚品过的那道老茶。

温迪：李总，这两罐送你，分享是茶文化的内涵。

李总（笑了）：我接受，好茶无价。

两人发出爽朗的笑声。

（我们的主观视线）张驰像一尊雕塑般伫立在办公室的玻璃门外，他将这一切都看在了眼里。

温迪：等我退休后，也想开个茶庄，以茶会友。

李总：好啊！我支持，就做我们的品牌店。

切至

49.（内景）　温迪的公司　日

潘娜从会议室出来向温迪的办公室走去，抬头看到张驰正站在温迪办公室门外向里张望，他的神色突然让她有一种不祥的感觉。

潘娜：张总，您来了怎么不进去？

 美丽依旧

张驰（气呼呼地）：不打扰她了。

潘娜感觉一股冷气袭来，她想了一下，走进了温迪的办公室。

切至

50. （内景）　温迪和张驰的家　黄昏时分

温迪正在厨房准备晚餐，她把煲好的汤放在餐桌上时，听到手机的信息声，屏幕显示：（潘娜画外音）张工中午来找你，他看到你和李总在谈话就走了。

温迪想了想便返回了厨房。

片刻后，她将所有的菜都摆放在餐桌上，这时，客厅挂钟的小木屋里跳出了一只小鸟，"咕咕"叫着报时。

温迪听到敲门声。

温迪（热情得有点夸张）：哇哦，小鸟一叫你们就到家了，真准时啊！

温迪帮天佑取下双肩书包。

天佑（疼痛地）：哎哟！

温迪：怎么啦？

天佑看了一眼张驰，张驰回敬他一个威胁的眼神。

温迪：这书包也太重了。

天佑：妈，我好饿啊！

温迪：我就掐着点儿等你们一到就开饭。快去洗洗手就可以吃了。

温迪瞟了一眼张驰那吊得很长的脸。

片刻后，大家就座。

天佑：妈，你今天做了这么多好吃的。

温迪：是啊，这些都是你和爸爸爱吃的。

张驰没有回应，他起身从酒柜中拿出一整瓶酒，给自己倒了满满一大杯。

温迪：先吃点东西再喝吧，空腹喝容易上头。

张驰挑衅般地看着温迪。

张驰：我就想现在喝不行吗？

温迪避开了他的目光，她给天佑夹了块鱼，把刺帮他挑拣干净，然后放在了天佑的碗里。

张驰重新回到餐桌，喝着闷酒。

天佑看了他一眼后，静静地吃着。空气瞬间凝固，仿佛结成了冰。

温迪已感受到坚冰下沸腾的岩浆。

天佑啃着鸡翅。

温迪：好吃吗？

天佑：比以前做的还好吃。

温迪：这是妈妈尝试了一种新的做法。（停顿）臭蛋子，今天钢琴课上得怎么样？那两条练习曲通过了吗？

天佑看了一眼张驰。

天佑：都过了，老师说我进步了。

温迪用脸贴着天佑的小脸蹭两下，以示鼓励，天佑对此虽已习以为常，但却非常享受。

温迪用余光扫了一眼张驰，他又给自己添了一满杯酒。这让温迪感到很不安。

51. （内景）　温迪和张驰的家　夜

张驰坐在餐桌旁，显然已经喝多了，温迪在收拾桌上的碗筷时趁机把他的酒杯一起拿进了厨房。

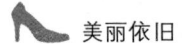 美丽依旧

张驰：我告诉过你我喝完了吗？

温迪：对不起，我再拿给你。

温迪又重新拿了一个酒杯放在张驰的面前。

张驰：你到底想让我怎样做你才满意？我他妈的累了一天了，想喝点酒放松一下都不行吗？

温迪：我说什么了？

天佑（画外音）：妈妈，帮我冲凉。

温迪：来了。

切至

52.（内景，同上，稍后）　　夜

天佑已脱光了衣服站在偌大的按摩浴缸里等待着温迪。

温迪打开花洒，调好水温给天佑洗头，并递给天佑一条毛巾。

温迪：把眼睛捂好，现在开始冲水了……臭蛋子真乖，好了，自己把脸洗干净。

天佑：洗干净了。

温迪：好，真乖，现在你自己把小鸡鸡冲洗干净。

片刻后——

天佑：已经洗干净了。

温迪：好嘞，现在转过身去，妈妈给你搓搓背，再把屁屁给你洗干净。

天佑：妈妈，你轻一点儿搓。

天佑话音未落，眼前的一幕，把温迪惊呆了。

（温迪的主观视线）天佑的背部和屁股上，布满了一条条紫青色的伤痕。

温迪：这是谁干的？谁把你打成这样？

天佑委屈地抽泣起来。

天佑：下午爸爸送我去上钢琴课，可是我忘了带琴谱。

温迪：所以他就把你打成这样？

天佑哭着点头，温迪的眼睛像是着了火，随即熊熊燃烧起来。

温迪（从牙缝里挤出）：这个畜生！

天佑：妈妈，都是我的错。

温迪在寻找着可以用来攻击的武器，她抄起一根水拔子，像头暴怒的母狮冲出了浴室，将门重重地甩在身后。

（镜头对准关闭的木门）（画外音）桌椅的碰撞声和玻璃摔碎的声音，巨大无比。

张驰（画外音）：唉哟，你疯了吗？

温迪：我和你拼了，你有种就冲我来！

张驰：你这个臭婊子，你还敢打我！

激烈的争吵声、温迪的惨叫声像惊雷一样炸响。

（镜头对准浴缸里的天佑）天佑身上带着未干的水渍和满背的瘀伤，蜷缩在浴缸里瑟瑟发抖，他用小手捂着自己的耳朵哭泣着……他不想听到妈妈的惨叫声。

黑场

（画外音）重重的关门声……一切恢复了宁静。

渐显

次日——

切至

53.（内景）　市中心医院诊疗室　日

主任医生和温迪正在看着灯箱上的片子。

主任医生：内脏没有受损，只是软组织轻度损伤。

温迪如释重负。

主任医生：这些药要按时给孩子吃上。

主任医生看了一眼戴着墨镜的温迪。

主任医生（严厉地）：任何以爱的名义来伤害孩子的行为，都是在犯罪！一旦失手追悔莫及。

温迪沉默不语。

切至

54.（内景）　得月茶楼　午夜

这是一个有着粤东地区浓郁地方特色的茶楼。虽已午夜，但人们的兴头正酣，茶楼里座无虚席，这是他们一天中最休闲快乐的时光，品茶聊天，其乐融融。

潘娜坐在一个相对僻静的卡座里，她看着茶牌，等候着温迪的到来。

一位茶艺小姐来到潘娜面前。

茶艺小姐（汕头方言）：小姐，您想要点儿什么茶？

潘娜（汕头方言）：来一道10年以上的炭焙观音吧。

茶艺小姐（指着茶牌上的价格表）：这几个价位的都是老铁，您点哪个？

潘娜（指着茶牌）：就要这道"一泡好运"吧。这个名字起得不错，就图个好意头吧。

茶艺小姐：好的，这道茶口感醇厚，喉底留香。

潘娜笑着点了点头，茶艺小姐走开，潘娜将眼光移向窗外，若有所思。

潘娜是一个近30岁的未婚姑娘，她理智、严肃，看上去很靠谱，在细微之处流露出一种本能的善解人意。

温迪快步走来，一屁股坐在潘娜对面的高背椅上。

潘娜：温总。

温迪戴着墨镜，脖子上系着一条小丝巾，这种扮相在盛夏的夜晚显得十分另类。

潘娜仔细地观察着温迪的变化。

潘娜（关切地）：发生了什么事，温总？

温迪慢慢摘下墨镜，潘娜大吃一惊：温迪双眼布满血丝，右眼几乎肿到看不见眼睛。

潘娜：这是要毁容啊！（停顿）他真是一个恐怖分子。

温迪（平静地）：这次他主要是打天佑，下手太狠，所以我就和他玩命了。

温迪解开丝巾指着伤处。

温迪：这就是我的收获。

潘娜：这样下去会出人命的。

这时茶艺小姐把茶具摆在了桌上，准备为她们冲茶。

潘娜：谢谢，我们自己来泡。

茶艺小姐：好的，如果需要什么请叫我。

潘娜：谢谢你。

茶艺小姐把盛满水的玻璃壶放在点燃的酒精炉上就离开了，她在转身的

那一刻瞟了一眼温迪，露出惊骇的表情。

两人沉默片刻。

潘娜：你有什么打算？总不能一直这样生活下去吧。我真的再不想看到你这个样子了。

温迪（自责地）：都是我不好，才给孩子带来这么大的伤害，我想是该到结束这一切的时候了。

潘娜：你都想好了吗？

温迪：老实说，我脑子里一片空白，茫然不知所措。我不知道未来我们母子将向何方飘零。

潘娜含泪点头。

温迪：你知道吗？我喜欢这座城市，习惯了这里的一切。生活跟我开了一个大玩笑，但我又能怎样？是好是坏我只能接受，没有选择。

潘娜：需要我做什么，请告诉我。

温迪调整了一下自己的情绪。

温迪：明晚是淑燕公司新厂区落成的庆贺晚宴，我是一定要去参加的，虽然样子有点儿惨不忍睹。

潘娜：但你不去怎么行？今天下午，我已经安排人把庆贺的礼品送到宝龙集团了。

温迪：好的好的（停顿），明天的晚宴结束后就比较晚了，下午我没有时间去接天佑，你帮我接上天佑就去你家住吧，我不能再让他靠近天佑了。

潘娜：放心，没问题，我父母都很疼爱天佑。

温迪：过两天天佑放暑假，我会带他离开一段时间，躲开他的纠缠，公司的日常事务就全靠你了。

潘娜：重要的事情，我会向你汇报。

温迪：对外和对内一律统一口径，就说我去北京学习了。

潘娜：好的。

温迪：我无法预测未来，只能走一步看一步。

潘娜（伤感地）：这也是不得已而为之啊，这些天我总觉着你身处危险之中。

温迪：因为我是和一个疯子生活在一起，当危险临近时竟全然不知。这种失控的生活，快把我逼疯了。

潘娜：所以你一定要自救，与生命相比其他都不重要，天佑不能没有妈妈。

温迪点头。

酒精炉上的水一直在沸腾，潘娜拿起那袋茶，指着袋子上的字"一泡好运"。温迪苦笑着，眼里透着自嘲的眼神，意思是我这还好运呢？！

潘娜：只是想给你个好意头。

温迪：哎，这是你美好的愿望，我收下了，谢谢你！有时候当把结果想到最坏的时候反而也就无所畏惧了。

（镜头慢慢拉向城市的夜空）

切至

55. （内景）　　潘娜的卧室　　夜

天佑已经冲完凉，穿着干净的睡衣躺在床上。

潘娜从浴室走出。

天佑想哭，但他使劲憋着。

潘娜：天佑，你还好吗？

天佑：我不知道妈妈什么时候来接我。

潘娜：妈妈是去办一些重要的事情，你放心，她办完马上就会回来接

你的。

天佑（哭了）：但她没有说什么时候。

潘娜：她告诉我明天，我猜明天早上你一睁眼就能看到她了。

天佑这才略感安心。

潘娜躺在天佑身边。

潘娜：OK，现在你放心了，那我们就可以关灯睡觉了。

天佑：好。

潘娜熄灭了灯。

潘娜：听你妈妈说你这次期末考试成绩很优秀哦。

天佑（有点得意）：全年级第十名。

潘娜：哇哦，你太棒了，从小我就看好你。我会送你一份礼物表示祝贺。

天佑：谢谢阿姨！

沉默片刻后——

天佑：阿潘阿姨。

潘娜：嗯？

天佑：我可以搂着你睡吗？

潘娜：当然可以。

天佑紧紧地搂着潘娜，黑暗中泪水在潘娜的眼中闪烁。

切至

56.（外景）　　海湾中的小岛　　日

湛蓝的天空中飘浮着几块棉花糖般的云朵，白色的浪花在碧蓝的大海中翻腾，沙滩寂寥平阔，疯狂生长的植物在岛上蔓延……

温迪坐在一块形状独特的礁石上，眺望着对岸的这座城市，她长发飞扬，红裙翻卷，神情中带着一种庄严的仪式感。

切至

57. （外景）　　高速公路口　　凌晨

两部轿车停靠在路边，温迪和淑燕分别从自己的轿车中出来向对方走去。她们紧紧拥抱。

淑燕：无论如何你做了一个勇敢而智慧的决定，我很佩服你。

温迪：你说得对，拯救自己依靠的终究还是自己。谢谢你！

她们看上去更像是一对姐妹，都穿着牛仔裤和白色无袖衬衫，显得潇洒脱俗。

淑燕：安顿下来后，请让我知道。

温迪：好的。

淑燕从后备厢里拿出一大袋食品递给温迪，她隔着车窗向车里看去——（淑燕的视线）后座上躺着熟睡的天佑。

淑燕：照顾好天佑。

温迪：我会的。

再次短暂地拥抱后，温迪返身上车，她深深地吸了一口气，一脚油门，车便飞速上了高速公路。她再也没有回头。

（配乐响起：《不常仰望，何以飞翔》）（镜头俯拍）淑燕目送温迪的车，直至车消失在视野中。

温迪的车渐渐离去，将城市远远地抛在后面。

切至

58. （内外景）　高速公路　车内　凌晨

（配乐延续）（温迪的视线）透过挡风玻璃，太阳从地平线的尽头悄然升起，大地铺上了一层金光，照亮了道路，也照亮了温迪。
天佑（画外音）：妈妈，我们去哪里？
温迪：去一个安全的地方。
（我们的视线）温迪的车，沿着笔直的公路向前驶去。

切至

59. （内景）　木棉花酒店套房　傍晚

天佑裹着一个大睡袍，坐在电脑前一张舒适的软椅中，一边吃着零食，一边看着日本动漫《火影忍者》。

切至

60. （内景）　温迪的套房　浴室　傍晚

温迪将自己的身体浸泡在肥皂泡沫水的浴缸中。她闭目养神来消除旅途驾车的疲劳。

　　手机里播放着优美而伤感的歌曲。

　　片刻后，手机铃声响起。

　　淑燕（画外音）：今天开了一天的会，所以没有接到你的电话，这是你的新号码？

　　温迪：旧号码已经快被恐怖分子打爆了。

　　淑燕（画外音）：看来这家伙疯了。你们现在怎么样？

　　温迪：已入住酒店，放心吧。

　　淑燕（画外音）：接下来有什么打算？

　　温迪：我想委托律师办理离婚事宜。

　　淑燕（画外音）：哦，那这段时间决不能让他找到你们。

　　温迪：我会小心的，你还没吃饭吧？

　　淑燕（画外音）：刚开完会。

　　温迪：你先去吃饭吧。

　　淑燕（画外音）：好的，随时联系。

切至

61.（内景，同上，晚些时候）　　夜

　　温迪和天佑躺在舒适的大床上。

　　天佑（撒娇地）：妈妈，给我挠一下痒痒。

　　温迪：又来了，刚洗完澡怎么会痒呢？

　　天佑（有点儿耍赖地）：哎呀，我就是痒嘛。

　　温迪：哪儿痒啊？

天佑：后背。

温迪无奈地转过去。

天佑窃喜。温迪挠着他后背。温迪趁他不备，胳肢了他几下，欢笑声驱散了阴霾。

天佑：妈妈，你听过周杰伦的歌吗？

温迪：这个名字好像听别人说起过。

天佑：他是现在最火的歌星，我们都在听他的歌，有一首歌你一定会喜欢的，我放给你听。

温迪：明天再听吧，太晚了，妈妈开了一天车也累了。

天佑：你就听几句，如果你不喜欢我们就关掉。

温迪（脸上露出拿他没办法的表情）：好吧，但我们说好了这是最后一个节目。

天佑拿出MP3，母子俩一人耳朵上插着一个耳麦。（画外音）周杰伦的歌曲《听妈妈的话》响起，天佑一同唱着。

温迪被打动了。

切至

62.（内景，同上，晚些时候）　夜

昏暗的卧室里亮着一盏床头小灯，温迪看着熟睡中天佑那张稚嫩而苍白的小脸，忍不住在他的脑门上轻轻地吻了一下。

稍后，温迪坐靠在宽大的飘窗石台上，欣赏这座陌生城市的夜景，华灯映照在她的脸上，她在想……

温迪（画外音）：当夜幕降临时，万家灯火中，究竟哪扇窗户里是幸福的，哪扇窗户里又是不幸的呢？

切至

次日——

63.（内景）　　酒店大堂内　　日

　　温迪和天佑走出电梯，朝大门方向走去，母子俩各自一身休闲打扮穿行在大堂的人群中。

　　手机响了，温迪接听电话。天佑识趣地走开了，他坐在大堂沙发上听着MP3里播放的歌曲，从包里掏出一本漫画书《乌龙院》看了起来，他知道这是一个漫长的电话，对此他已习以为常。

　　温迪（热情地）：李总您好！

　　李煜（画外音）：我想告诉你一个好消息，贵公司的包装设计和创意得到了总公司肯定，希望尽快安排印刷事宜，你先把价格报过来。

　　温迪：Wow！这真是一个令人振奋的好消息，我马上安排，谢谢您的支持。

　　李煜：不客气，顺便说一下，你送我的珍品，我非常喜欢。

　　温迪听到这里若有所思。

　　停顿片刻——

　　李煜：温总，温总？

　　温迪：哦，抱歉，我在听，这里很吵。能得到您的喜爱是我最开心的事儿了。我现在外地出差。

　　李煜：哦，那您先忙，回来见。

　　温迪：李总，有件事儿我想听听您的看法。

李煜：你请讲。

温迪：我可以在广州开一家贵公司的品牌店吗？

李煜：哦，怎么，你的退休计划提前了？

温迪：只是想给公司增加一些实体业务。

李煜：哈哈，这是一件好事，那里是一个很好的市场，面对的都是国内外的客商，总公司计划明年开发这个市场，如果你愿意做，我可以帮你申请。（停顿）温总你确定要做吗？

温迪：我确定。

李煜：那我来安排。

温迪（感动地）：谢谢，您总是充满善意，乐于助人，多年来给了我很多的支持，感激不尽。

李煜：朋友不言谢！

停顿片刻——

李煜：我相信你的能力，总公司这边应该问题不大，因为你具备得天独厚的条件。近期如果你有时间，我可以安排你去福建安溪茶厂学习，我指的不是走马观花地参观，而是深入系统地向老茶师学习，全面了解制茶的过程和泡茶的方法。这对你日后经营我们公司的产品会有很大的帮助。

温迪（赞同地）：是的，这很重要。（停顿）李总，我们以茶结缘，随心随缘，顺其自然地想到做茶似乎是一件水到渠成的事儿。

李煜：是啊，也是件互惠互利的事，如果你能加入我们的销售团队，对我们来说也是一件好事儿啊！

温迪：谢谢！

李煜：可谓天时、地利、人和。（停顿）那就这样吧，你等我的好消息。

温迪：每时每刻。哈哈哈！

他们开心地笑着，彼此享受着这种一切尽在不言中的默契感觉所带给他们的快乐。

切至

64. （内景）　　温迪的车内　　日

温迪：儿子，今天老妈可以满足你两个愿望，但你不能提一些脱离实际的要求。

天佑：咱们是不是又接大单了？

温迪冲着副驾驶座上的天佑含笑点头。

温迪：听清楚，只能提两个要求。

天佑：那我得好好想想。

切至

65. （外景）　　福建安溪山区　　公路　　轿车　　日

（配乐响起：莫扎特的音乐）（航拍）薄雾下的盘山公路，像一条白色的蟒蛇盘绕在山腰的溪流边，温迪的轿车行驶在蜿蜒陡斜的公路上。

陡峭的山崖上灌木葱茏，山涧中湍急水流撞击出的巨大声响在山谷峭壁之间回荡。

切至

66.（内外景）　山坳　汽车　日

　　汽车绕过一个弯道驶入山坳，柔美起伏的田野中，一排排青灰色砖石木结构的民宅映入眼帘。
　　温迪（兴奋地）：儿子，快看，终于看到人家儿了。
　　温迪回头看到后座上的天佑戴着耳机摇头晃脑。温迪大声地叫他。
　　天佑（不耐烦地）：什么事？
　　温迪：你饿不饿？
　　天佑：好饿啊，但是去哪儿吃呢？
　　温迪（指着那排民房）：你看那儿。
　　她把车停靠在路边。
　　温迪：你在这儿等着，我去那儿看看有没有什么可以吃的东西。
　　温迪下车径直朝一处民宅走去。

切至

67.（外景）　民宅　日

　　（我们的视线）温迪沿着极具闽南特色民宅前的小路边欣赏边往前走着，不远处有一家小吃店，门前摆放着几张小桌子，门上挂着一块小牌子，上面写着：闽南特色小吃，湖头米粉。温迪一阵欣喜，她快步走到门前向里张望。

原创电影文学作品

店主是一个皮肤黝黑、精瘦而健康的年轻女子，怀里抱着一个三岁左右的小男孩。

温迪：您好老板娘，这儿有什么好吃的吗？

老板娘（闽南话）：只有汤粉和炒粉两种。

温迪：是湖头米粉？

老板娘：是啊，你吃过？

温迪：吃过，我很喜欢。（停顿，温迪看着那些配料）那就给我来一份鲜虾汤粉和一份猪肝瘦肉粉吧。

老板娘：好的，你先坐一下，马上就好。

她放下孩子转身进了屋。

温迪（冲着屋内）：再炒一盘番薯叶。

老板娘（画外音）：好的。

温迪（冲着从车里探出头来的天佑）：把车门关好过来。

温迪回头看着那个怯生生望着她的小男孩。

温迪（转头冲着天佑）：拿一袋巧克力过来。

温迪坐在小凳上。

温迪（冲着小男孩，亲切地）：乖乖仔，到阿姨这儿来，哥哥等一下有好吃的给你。

那小男孩认生，跑进屋里去找妈妈了。

温迪欣赏着砖木结构的梁檐和木质结构上雕刻得十分精美的花卉、动物和人物等。她远眺梯田式层层叠叠的茶山，园青雾绕，垄垄茶树一派翠绿，她感到从未有过的恬静和放松。

天佑（画外音）：妈，给你。

温迪：等一下你送给老板娘的儿子。

天佑：好。

老板娘：来了。

她把两碗热气腾腾的汤粉放在小桌上。

老板娘：要辣椒吗？

温迪和天佑（同时）：要。

天佑看着两大碗米粉，口水都要喷出来了，他用鼻子闻了一下。

天佑：妈，好香啊！

温迪：很烫，慢慢吃，正好我们在这儿可以休息一下。

老板娘把辣椒递给他们后又抱起了小男孩。

温迪用眼神示意天佑。

天佑：阿姨，这盒巧克力送给弟弟吃。

老板娘（高兴地）：哎哟，大姐，您儿子好乖哦。（老板娘冲着自己的儿子）仔仔说谢谢哥哥。这孩子没见过世面，胆子太小。

母子俩狼吞虎咽。

天佑（调皮地）：还说让我慢慢吃，你看你吃得多快。

温迪（冲着老板娘）：太好吃了，就是这个味道。

老板娘：喜欢吃就好，你们去哪儿？

温迪：去西平。

老板娘：山上冷，你们要多穿点儿衣服。

天佑（画外音）：妈，我还想吃一碗。

温迪：吃太多坐车不舒服。

老板娘：他吃得不算多，我们这儿像他这么大的孩子，能吃两三碗呢。

温迪：好，那就麻烦您。

天佑：我要吃和妈妈一样的。

稍后，老板娘递给温迪一杯铁观音。

老板娘：这是今年的春茶，还不错，韵味很足。

温迪：谢谢，正好茶瘾犯了。

温迪喝了口茶，感受到一种前所未有的幸福。

切至

68. （外景，同上，晚些时候）　　日

温迪打开后备厢，从中取出两件厚衣服，她指着云海中的山峰。

温迪：儿子，我们的目的地，就在那儿。

天佑：那么高啊！

温迪：那里生长着世界上最好的茶叶。

天佑（似懂非懂）：哦。

天佑（坐到副驾驶座上）：妈，我放一些好听的歌曲，我们一起听。

温迪：谢谢。

温迪搂着天佑，在他的脸上蹭了两下表示感谢。

温迪：你总喜欢用音乐来表达情感，这真的非常好。

音乐响起……

切至

69. （外景）　　盘山公路　　日

温迪的车在云雾缭绕的盘山公路上行驶。

天佑（画外音）：妈，我从没见过这样真实的大山。

温迪（画外音）：明天早上当你醒时就会看到云海。

天佑：孙悟空翻筋斗云的云海吗？

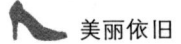

温迪（笑了）：是啊。

$$切至$$

70. （内景）　茶厂招待所　温迪的房间　夜

房间里没有开灯，温迪和天佑倚靠在窗前，仰望繁星闪烁的夜空，呼吸着带有淡淡茶香的空气。

天佑：妈，这里的星星好像很大，离我们很近。

温迪：是啊，第一次看见这么大的星星。

天佑（认真地）：嗯，我也是。

温迪：你才活了多大点儿。

母子俩默默地看着天空。

稍后——

天佑：妈，以后我们永远都不回我们的家了？

温迪（一时语塞）：我想我们会有一个新家，一个安全而宁静的家。

$$切至$$

次日——

71. （内景）　温迪的房间　日

晨曦微露，温迪被楼下街道上嘈杂的声音吵醒，她看了看表，5:35（凌晨），虽然还很早，但凉爽清甜的空气让她睡意全无。她起身穿上一套休闲运动装，再给酣睡中的天佑盖好被子，走出房间。

切至

72.（外景） 街道 收购站 日

（温迪的视线）茶农们扛着大麻包，装着自制的铁观音，在收购站门前已排成了长龙。

切至

73.（外景） 山路 日

（我们的视线）温迪正沿着盘山路晨跑，她看上去精神饱满，洋溢着往日的青春活力。

茫茫云海中的山峰时隐时现。

温迪发现路边有一条通往山坡下的石阶小径，她驻足。

王厂长（画外音）：今天您开了一天的车一定很疲劳，早点儿休息，明天我安排人带您去参观铁观音母树，离这儿很近，就在山下。

温迪：太好了，谢谢王厂长，我一直都被那个广为流传的故事所吸引，很想一睹它的芳容。

（我们的视线）温迪思忖着，但脚下却好像被某种神秘的力量牵引，她沿着灌木夹道的小径下行，去探幽揽胜。渐渐地，水声越来越大，随着不断下行，山谷逐渐变窄，最后窄到只能容得下一条小溪和一条上行的山径。

温迪沿着山径往上走,转弯处抬头看去,只见水从险峻的崖顶上飞流直泻而下,溅起美丽的水花。温迪被无法抑制的好奇心牵引着,继续拾级而上,片刻后的一幕把她惊呆了。

晨曦微露之际,溪涧中的三个潭穴仿如三条巨龙在云海中欢腾,天然成趣。就在云龙交际之处的石崖层中,依稀可见那棵神秘的铁观音母树,在晨光中闪耀着光芒。

温迪(惊呼):奇茗啊!

(配乐响起)流水的撞击声,水流冲入深潭的隆隆声,在两侧峭壁之间回荡,温迪仿佛置身于梦幻般的仙境中。

(画外音)手机铃声响起。

淡出

74.(外景,同上,稍后)　　　日

温迪:什么时候?

潘娜(画外音):昨天下午,他来公司了,样子看上去好吓人,像是喝了很多酒。

温迪:不要激怒他,就说什么都不知道。

潘娜:好。

温迪:他的嗅觉比警犬还要灵,说话千万要小心。

潘娜:知道了,放心。你和天佑都好吗?

温迪:我们都挺好的。

切至

75.（内景） 茶厂 配茶室 日

（镜头对准配茶室紧闭的门）配茶室的门上面贴着"非请勿进"，门上还挂着一个写着"工作中"的吊牌。

切至

76.（内景） 配茶室内 日

（配乐低声响起）（我们的视线）茶案上透明的密封袋依次排列开来，上面贴着不同的编号。
　　一位70多岁的老茶师正在给温迪详细讲解、比对着那些样品。
　　他满头银发，红光满面，两颊饱满，精神矍铄。
　　老茶师：这叫观形察色。
　　…………

切至

77.（内景） 温迪的房间 夜

温迪在电脑前工作，天佑已经睡着了。

稍后，温迪拿起桌上的手机，换上了那张旧卡，打开后立即显示出来自张驰的无数条短信。

张驰：你想拐走我儿子？

张驰：臭婊子，我真想杀了你。

张驰：我知道你们在哪儿。

……………

温迪感到恐惧，她不敢再看下去，随即迅速撤换上新卡，呆呆地看着熟睡中的天佑。她感到气短，无法深呼吸。

切至

78. （内景）　配茶室内　日

（配乐低声响起）偌大的长条茶案上，依次整齐地排列着大约30个白瓷盖碗，每一个盖碗中都盛放着8克不同口感档次的铁观音茶。

老茶师将沸腾的山泉水冲入每个盖碗中。他拿起盖碗盖闻香，洗茶，品鉴。他给温迪详细讲解着每一泡茶。整个过程如行云流水，浑然天成，没有一丝造作，足见他功力之深厚。这令温迪佩服不已。

茶室内，宁静安详，茶香四溢。温迪凝神静气，用心地体会、反复地练习着泡茶的方法，仿佛忘掉了一切令她糟心的事儿。

切至

79. （外景）　茶园　日

（配乐延续）王厂长陪温迪参观茶园。

切至

80.（内外景）　茶厂制作车间　晒青场　日

王厂长给温迪介绍铁观音的采青、晒青、晾青、做青、杀青以及揉烘的制作过程。

切至

81.（外景）　厂区　清晨

温迪将自己带来的广东特产腊肠、老婆饼等送给老茶师和几个工作人员，他们和温迪挥手告别。

切至

数日后——

82.（外景）　温迪的茶庄外　街道　日

这是一幢临街的独栋三层楼，对于终端销售来说，可谓是得天独厚的一线档口。

这似乎是整个夏天气温最高的一天，温迪顶着似火的骄阳，指挥着几个

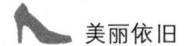 美丽依旧

装修工在安装招牌。她浑身已被汗水浸透。

由于招牌很大也很气派，因此引来无数行人驻足观看。

女房东（粤语）：老板娘，这招牌好亮啊！

温迪明显对这一称呼感到不太适应，对这位看上去油腻肥胖脸上写满贪欲的中年女人有种本能的嫌弃。

温迪用一种近乎敬而远之的疏离态度应酬着。

温迪：谢谢！

温迪：王师傅可以再高一点儿吗？

王师傅：好。（稍后）你看这样行吗？

温迪：再往上抬高 20 厘米。

王师傅（吃惊地）：这么高？

温迪：我要让行人和行驶中的车辆都能看得到。

女房东（讨好地）：老板娘，你真有眼光，我们这栋楼是整条街最好的铺位。

温迪：我也觉得不错。

女房东：黄金地段，离地铁和公交站都很近，拿下这个铺位，你一定发大财的啦！

温迪：你已经先发财了。我们还没开始做生意，你就已经赚了几十万啦！

女房东感到无趣。

温迪（冲着王师傅）：好好好，这样就可以了。

王师傅：你确定我们就打铆钉固定了。

温迪：我确定。

女房东：老板娘，那你先忙，我有空儿再来看你。

温迪：好，有空儿过来喝茶。

女房东：谢谢老板娘。

（我们的视线）从店里走出一个面容清秀的女孩，她叫王婷婷，23 岁，

是温迪刚聘用的店长,一个温婉恬静又不失热情的姑娘。温迪喜欢她说话的声音,音色柔美婉转,给人一种善解人意的温暖感觉。更重要的是她还很懂茶,是某农业大学茶叶系的应届毕业生。

王婷婷:温总,那些样品我已经摆放好了,您看看还需要调整吗?

温迪:好的。

切至

83.(内景)　　温迪的广告公司　　潘娜办公室

潘娜正在和温迪用座机通话。

潘娜:哇哦,这么神奇,下次带我去看看!

温迪:一定带你去。

潘娜这时才看到已走到她面前的张驰。

潘娜(慌乱中):张工,您先请坐。(停顿,冲着门外夸张地喊)小林,给张工倒杯茶。

张驰(冷冷地):不用了。

张驰冷静地观察着潘娜,似乎看穿了她的心。

潘娜(对着话筒):对不起刘小姐,我这儿来了客人,有空咱们再聊。

张驰瞟了一眼座机显示屏。

潘娜(掩饰着紧张):张工最近忙吗?

张驰盯着潘娜的眼睛。

张驰:他们去哪儿了?

潘娜:谁?(停顿)哦,她没有告诉我。

张驰:你知道我有多担心他们的安全吗?

潘娜：也许他们只是想出去散散心。

张驰：阿潘，你一定知道她们去了哪里。

潘娜：实在抱歉张工，老板去哪儿是没有义务向我一个打工妹汇报的。

张驰（用凛冽的目光看着她）：听天佑的班主任说，那天是你去学校接的天佑。

潘娜（吃惊地）：那天温总去开会，她交代我去接天佑。

张驰用手重重地拍在桌子上。

张驰：所以你是知道他们去了哪里却不告诉我！

潘娜没有应答。

张驰：好吧，我一定会找到他们的。

这时，设计师阿文走了进来。

阿文：张工您好，很久没看到你了。

张驰用鼻子含糊不清地哼了一声。

阿文：不好意思打扰一下，潘经理，您现在方便来设计室确认一下稿件吗？客户在催呢。

潘娜：好的。张工，我先失陪一下。

潘娜离开后，张驰迅速地查看座机上的通话记录，记下了电话号码后迅速离开了。

84.（内景，同上，稍后）　　日

潘娜走进自己的办公室，发现张驰已经离开，她长舒了一口气。

切至

85.（内景）　温迪的茶庄　日

招牌已安装完毕，师傅们简单清洗后正喝着婷婷给他们晾好的茶水。

温迪：师傅们辛苦了，婷婷，给每位师傅送一斤普洱散茶，让他们消暑祛湿。

王师傅（包工头）：谢谢老板娘。

温迪似乎对这一称呼已经不再介意，因为她觉得无所谓了。

一位师傅：老板娘真暖心。

温迪笑了。

温迪：王师傅，我们的招牌很大，你一定要确保加坚固哦。

王师傅：放心吧老板娘，十二级台风都吹不下来。

温迪笑着走出店外，站在街边欣赏着用父亲的字体制作的几个大大的铜字（简短的特写）"叠翠春宝龙茶叶"，铜字在阳光下熠熠生辉。站在温迪身旁的婷婷有些情不自禁。

婷婷：爷爷的字真是秀外慧中！

切至

86.（内景）　茶庄三楼　温迪办公室的套房　夜

温迪的私人办公室套房设在茶庄的三楼，这也是她和天佑的临时住所，窗外有一个大面积的平台花园，上面已摆满了新购置的花草树木。房间内温

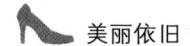

迪正在电脑前工作，她正翻阅整本写满密密麻麻潦草字体的进货单。

天佑（拉着长音，略带埋怨地）：妈，你还玩儿不玩儿牌了？

温迪：玩儿啊，臭蛋子，你先冲凉，妈妈把这点账对好就进去玩儿。

天佑：我一冲完凉你就马上进来。

温迪：OK，一言为定。

87．（内景，同上，晚些时候）　夜

温迪和天佑坐在套房里的大床上玩儿牌。天佑将牌分成两摞，温迪刚伸手去拿，他就抢走了多的那一摞。

温迪：按规矩你洗牌，应该我先挑的。

天佑：哎呀，随便啦，都一样。

温迪：你这个小赖皮，为什么你还先出牌？

天佑：因为你迟到了。

他们玩儿的是一种叫吃面包的游戏，最终看谁能吃完对方的牌。

现在温迪明显占了绝对优势，天佑神情沮丧。

温迪：输了可要刮三下鼻子的哦。

天佑没有应答，温迪瞟了一眼满脸不高兴的天佑，她假装无意实则有意让天佑赢。

天佑（兴奋地）：我赢了！快把鼻子伸过来。

温迪把鼻子伸过去，当天佑刮她时却闪开了。母子俩儿在床上打成一团。最终天佑把温迪压在床上刮了六下才罢休。

（镜头俯拍）二人平躺在大床上望着天花板，喘着粗气。

温迪：你多刮了我三下。

天佑：谁让你要赖。

稍后——

原创电影文学作品

天佑试探性地提出了一个怀揣已久的问题。

天佑：妈，我们会一直住在这里吗？

温迪：当然不会，但是我们需要住上一段时间。

天佑：你说过，我们会有一个新家。

温迪：我们一定会有一个新家，妈妈努力工作就是为了这个。你看到了，我们把仓库里的货卖光了就有钱买一个新房了。

天佑咽下了自己的失望。

天佑：这里没有朋友，也没有地方可以玩，有时我很想我们原来的家，还有我的钢琴。

温迪意识到了天佑的失落和孤独。

温迪：如果你能考上那所你喜欢的学校，就会认识很多的新朋友，而且我儿子是最善于交朋友的，对不对？

切至

88．（内景）　温迪的茶庄　傍晚

茶店门外的两个大红灯笼在微风中快乐地荡漾着。

店内灯火通明，高朋满座，几个店员正在给客人包装茶叶。

温迪坐在一个偌大的茶桌前正在给七八个客人试茶。

温迪的正对面坐着一个约50岁的男人，是那种大腹便便的中年油腻男，头型是那种典型的地中海式，左手腕上戴着一串价值不菲的蜜蜡。他烟不离手。桌上放着一盒中华烟，他一根接着一根地抽，似乎忘记了这是在茶店。

温迪展露招牌式的社交微笑。

温迪：陈总，现在我们来品这茶气、韵味俱佳的第三泡。

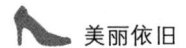美丽依旧

陈总：好的好的，老板娘，你说了算。

他痴痴地看着温迪优雅流畅的泡茶手法，以及与生俱来的柔美风情，这一切使他简直无法把目光从温迪的身上移开。

温迪拿起盖碗盖让陈总闻香气。

陈总兴奋地故作陶醉状。

陈总：嗯，老板娘泡出来的茶就是不一样，韵味十足啊！同样一泡茶，其他人就泡不出来这种味道。

温迪：谢谢陈总夸奖。

陈总（挑逗地）：这兰花香气闻到最后，怎么变成奶香味儿了？

他的随从人员和温迪都笑了。

温迪：陈总真懂茶，能闻出别人闻不出的味道。

陈总：老板娘真会开玩笑，不过我真不是吹牛，我比很多卖茶的还懂茶。

温迪（附和着）：那是看得出来。

陈总：因为我一直都在喝最贵的茶，贵的茶肯定是好茶啦。

温迪：陈老板财大气粗，喝便宜茶配不上您的身份。喝好茶的人既要有钱还得懂茶，两样您都占上了。

陈总：老板娘说出的话就是中听。

婷婷和店员们都在偷笑。

温迪快速扫了一眼墙上的挂钟，已经7:50（晚上），她有些心神不定。

切至

89.（内景）　温迪办公室的套房　夜

天佑用积木在大床上垒了一个城堡，自己坐在城中，周边是围墙，他披

着一个床单当龙袍，头顶着用一个长条纸板折成的皇冠，扮演着他心中的皇帝。

天佑在大臣和皇帝之间切换角色。

天佑：臣叩见皇上。

天佑：爱卿平身。

天佑：给我拉出去斩了。

…………

片刻后，他感到有点饿了，跳下床打开冰箱，里面只有一片面包。他两大口吞下面包后，便走出办公室去找温迪。

他沿着黑暗的楼梯向下走，当走到楼梯拐角时，听到了众人的笑声和妈妈的说话声。他放慢脚步蹑手蹑脚地扶着楼梯扶手，踮起脚尖向下张望。

（天佑的视线）婷婷和几个员工正将打包好的茶叶箱高高摞起。

（镜头仰拍）天佑从楼梯拐角处伸出小脑袋。

天佑（瞪大眼睛，吃惊地）：卖了这么多货啊！

切至

90.（内景）　　茶庄内　　傍晚

陈总：老板娘，你的茶我是非常喜欢的，如果你能给一个好价钱，那我就更开心了。

温迪：价钱好说，最重要的是陈总喜欢。（停顿）那我就给您一个友情价，1 500元一斤，怎么样？您可是懂茶的，这价格应该满意吧？

陈总：好，老板娘就是一个爽字，你有多少现货？

温迪：100斤。

陈总：我全要了！

（镜头仰拍）楼梯间伸出天佑的小脑袋和那张可爱的笑脸。

陈总：我送的这些人可都是些有头有脸的人物，所以包装看上去一定要高大上。

温迪：我早就给您选好了，您看这款木盒，仿真皮的面，还烫着金字。

陈总（满意地）：老板娘最懂我的心思。

桌上手机声响起，女秘书马上拿起手机递给陈总。

陈总：喂，他们快到了吗？好好好，我们也马上到，你准备的什么酒啊？领导只喝茅台。嗯，算你懂得做。好，就这样吧。

陈总（收线后）：你上次说你们有款高档茶叶，叫什么来着？那名字挺好听的。

温迪："梦成真"。

陈总：对对对，就是它，你给我什么价格？

温迪：这款茶您是知道原价的，我给您最低6 800元一斤。

陈总：好，先给我拿五盒马上带走，等一下送领导要用，其他的货照原来的地址，明天发。

温迪（冲着婷婷）：先去拿五盒"梦成真"，另外再拿一盒"好运来"，我送陈总，希望您今晚心想事成。

陈总：托老板娘吉言，谢谢！

温迪：另外我给每位也准备了一份茶礼。阿林，拿过来。

陈总一行人（几乎异口同声地）：谢谢老板娘！

陈总：真不好意思，又喝又拿。

温迪：别客气，咱们就图个高兴。

陈总：每次来你店里喝茶都很高兴，尤其是见到老板娘更高兴。

众人大笑，温迪把陈总一行人送至门外，挥手告别。

切至

91. （内景）　温迪办公室的套房　傍晚

　　天佑正在把大床上的积木装进盒子里，温迪冲进房间，她上气不接下气。

　　天佑：妈妈！

　　温迪：宝贝儿，你饿坏了吧？儿子对不起，今天来了很多客人，妈妈实在走不开，我都快急死了。

　　天佑：我知道啊，我在楼梯上看到了，所以我没有叫你。

　　温迪一把搂住天佑。

　　温迪：真是妈妈的好儿子。

　　她用脸使劲蹭着天佑的小脸蛋。

　　天佑（兴奋地）：妈，今天咱们是不是赚了很多钱？

　　温迪朝他使劲儿点头。

　　温迪：照这样下去，我们很快就可以买新房子了。

　　天佑：Yeah——妈，我真的好饿！

　　温迪：OK，咱们马上出发去吃东西，还可以看一场你喜欢的电影，总之今晚的活动由你来安排。

　　天佑：那你可要听话哦。

　　温迪：那是必须的。

切至

92. （内景）　　温迪的茶庄　　午后

温迪正在给婷婷安排工作，天佑走下楼梯。

温迪：嘱咐阿亮，仓库的地板上一定要放木架，否则雨季来时茶叶就发霉了。

婷婷：好，我现在就给仓库打电话。

温迪：还有，让阿亮他们把所有的货再重新盘点一下，明天拿给我。

婷婷：OK。

天佑（画外音）：妈，我想吃雪糕。

温迪：妈妈现在正忙着。

天佑：我自己去买。

温迪无奈地从口袋掏出20元钱给天佑。

温迪：你靠边走，小心摩托车，马上就回来。

天佑：知道了。

天佑走到门口。

温迪：小心点儿，买完马上就回来。

天佑（不耐烦地）：知道了，真啰唆。

温迪看着天佑的背影摇了摇头。

温迪（对着婷婷）：你和我一起去仓库看看吧，我还是不放心，下午要来那么多货不知道能不能放得下。

两个人边走边说地出了茶庄。

切至

93. （外景）　街道　日杂店　日

天佑正趴在一个大雪柜的边沿往里看，女店主走了出来。

女店主：小靓仔，你想要什么？

天佑：我想要一个巧克力雪糕和一罐冰冻百事可乐。

女店主：一共九块五。

天佑：阿姨，我还有十块钱，够买两袋薯条吗？

女店主：薯条五块五一袋，你还差五毛钱。

天佑：我只有20块钱。

女店主：算了，给你吧。

天佑：谢谢阿姨。

女店主：前面那个大茶庄是你家开的吗？

天佑：是我妈妈开的，你可以来我们家喝茶。

女店主：好好好，谢谢小靓仔。

她把食品放进袋子递给天佑。

女店主：把这个拿好。

天佑：谢谢阿姨。

天佑一边吃着雪糕，一边慢慢地往茶庄方向走去。

张驰（画外音）：儿子。

天佑被这个熟悉的声音吓了一跳，他转身看到了张驰。

天佑：爸爸！

张驰：儿子，爸爸想死你了！

美丽依旧

张驰（蹲下来搂着天佑）：你想爸爸吗？

天佑（迟疑了一下）：想。

（镜头转向日杂店）女店主好奇地看着他们。

天佑：爸爸，你怎么知道我们在这里？

张驰：你忘了爸爸是福尔摩斯啊！

天佑天真地笑了。

张驰：儿子，爸爸请了两天假，专门来接你去野生动物园看白老虎。

天佑（兴奋地）：真的？（但随即他犹豫了）可是妈妈同意我才能去。

张驰：我会给妈妈打电话的，她一定会同意的，整天待在茶庄多无聊啊！妈妈忙又没有时间带你去玩儿。

天佑：妈妈只要有时间都会带我去玩儿的。

张驰边说边走到街边去拦截出租车。

天佑看上去有点为难。

张驰：那里有你喜欢的所有动物，看完爸爸就送你回来。

一辆出租车停在他们面前，张驰把天佑抱进车里，汽车很快消失在车流中。

切至

94.（内景）　温迪的办公室　日

温迪推门进来，发现天佑不在，便转身出去了。

切至

95. （内景）　温迪的茶庄　日

　　片刻后，温迪来到楼下。（配乐响起）（我们的主观视线）温迪在询问员工是否看到天佑，大家均摇头表示没有看到。温迪慌了，稍候，她让全体员工关了店门分头去找。

切至

96. （外景）　街道　巷子里　傍晚

　　（配乐延续）温迪走街串巷地寻找着，并不时询问路人。

切至

97. （外景）　街道　夜

　　（配乐延续）婷婷看到前面有一个男孩酷似天佑，她跑上前，一把拉住那个男孩。
　　婷婷：天佑！
　　男孩转头。

婷婷：对不起！

切至

98.（外景） 街道 日杂店 夜

（配乐延续）温迪失魂落魄地走在街上，她茫然四顾，绝望中，看到日杂店的女店主正在门口收拾东西准备关店。

温迪朝她走去。

（我们的视线）温迪给女店主比画形容着天佑的体貌特征，女店主便把她看到的一切告诉了温迪。温迪再三感谢，并向老板娘买了两瓶二锅头。

切至

99.（内景） 温迪的办公室 夜

温迪推门进来后感到一阵眩晕、胸闷，她一屁股砸进了扶手椅中，尝试着让自己深呼吸。豆大的汗珠从脑门流下，她拉开抽屉，从中取出药瓶，倒出两粒安定片，吞了下去。

温迪看着办公台上娇艳的蝴蝶兰，眼中充满哀伤。

（镜头特写）温迪拿着手机的手在颤抖。

温迪用尽全力按下岩浆般涌动的怒火。片刻后，她拨通了张驰的电话。

张驰：喂，老婆，你终于来电话了。

温迪：你把儿子弄哪去了？

张驰：我和儿子去了野生动物园，你不知道他有多兴奋，也许是被你关在茶店太久了。

温迪（强压怒火）：你为什么不告诉我？害得我们发疯似的找到现在，差点就要报警，你他妈的是不是很享受这种感觉？

天佑（画外音）：妈妈，我们今天看了很多的动物，白老虎还会游泳哦。

温迪无语。

张驰（画外音）：你看，我说他很兴奋吧。

温迪：你什么时候送他回来？

张驰（画外音）：不知道，我们刚住下来，很累，儿子还说让我明天带他去看马戏呢，你能来吗？

温迪没有应答。

张驰：好吧，我会给你电话的。

张驰挂断了电话，温迪像被电流击中般僵在那里，一动不动。一种不祥的感觉袭来，她陷入了极度的恐惧与不安中，茫然失措。

切至

次日——

100. （内景）　　温迪的办公室　　傍晚

温迪一只手拿着手机坐在扶手椅里睡着了，片刻后手机铃声响起，她像触电般地被惊醒。

温迪：喂！

婷婷（关切地）：温总，你已经一天没吃东西了，我给你煲了点雪梨银耳瘦肉汤，给你送上去好吗？

 美丽依旧

温迪：谢谢，我现在不饿。

婷婷：天佑没事就好，你不要太担心。

温迪：放心我没事，谢谢你！今晚你不是约了男朋友看电影吗？快抓紧时间去吧，别让人家久等。

婷婷：嘿嘿，好的。

101.（内景，同上，晚些时候） 夜

温迪看了看表，已经9:38（夜间）了。

温迪（忿忿地）：畜生！

她从柜中拿出一瓶二锅头，给自己倒了满满一大杯，这时电话铃响了。

张驰（温柔地）：宝贝儿，你睡了吗？

温迪：让儿子和我说话。

张驰：儿子睡了，这两天玩儿累了，回来的路上就睡着了。

一阵令人心悸的沉默。

张驰：亲爱的，我真的很想你，没有你和儿子在身边，这日子真的不知道该怎么过。

张驰：你能过来吗？

温迪（坚定地）：不能。

张驰：我只是想，我们能好好谈谈吗？

温迪：谈什么？

张驰：这些日子我想了很多，（停顿）我们在很多方面都很合得来，当然也包括做爱。

温迪：这一点你和她也挺合得来。

张驰：但我更喜欢你的方式。

温迪（打断他）：你到底想说什么？

原创电影文学作品

张驰（开始哭泣）：你知道这两天和儿子在一起，我有多开心吗？我真的不能失去你们。

温迪沉默。

张驰：我们是一家人，应该生活在一起。茶庄那里的条件根本不适合你，生意可以雇人去打理，不需要你亲力亲为。你带着儿子住在办公室，让我很心痛。

温迪：你真让我吃惊，难道你不清楚这一切都是你造成的吗？

张驰：是的，我承认这一切都是我的错。

温迪：我现在已经不在乎谁对谁错了，只是这样的日子已经让我忍无可忍。

张驰：宝贝儿，你很清楚没有人能像我这样豁出性命地去爱你。

温迪：是的，你也能要了我的命。

张驰：我向你保证，今后如果再动手打你，我就剁掉自己的手指。

温迪（异常冷静地）：张驰，放手吧，这样会使我们都解除了终身的苦役。我不会再回到你身边了。（停顿）你有一个爱你的女人，你们好好去过吧，儿子我来抚养。

张驰（冰冷的声音）：看来你是铁了心要毁掉这个家是吧？

接下来是一阵可怕的沉默。温迪心跳加速。

张驰：看来你真的勾上了那个男人，（停顿）你信不信我能杀了他？你就这么自私，为了自己不顾儿子的感受。

温迪：请你不要再拿儿子说事儿。

张驰：我告诉你，我不会离婚，你也休想带走我儿子。你那里的环境根本不适合他的成长。

温迪还没张口，张驰已经挂断了电话。

温迪被彻底打垮了，一切的努力全部白费。她瘫坐在那里，呆若木鸡。过了许久，她将二锅头全部倒入口中。

切至

102.（内景，同上，晚些时候） 深夜

（我们的视线）温迪趴在地上一动不动。

103.（内景） 公路上 凌晨

一辆120救护车呼啸着开往医院。

切至

一天后——

104.（内景） 省人民医院 急诊室病房 日

温迪睁开眼，发现自己躺在病床上，手上还打着吊针，婷婷拿着一个饭盒走进病房。

温迪：我怎么会在这儿？

婷婷：温总，你吓死我了！昨天早上去办公室找你，发现你趴在地板上一动不动，怎么叫也叫不醒，我就打了120。

温迪一时无语。

婷婷（带着亲切、温暖的笑容）：温总，只要没出什么事儿就好。医生交代说等你醒了要给你喝点儿粥，我刚去买了一个饭盒。你先喝点儿水，我这就去食堂买点儿粥。

温迪：你在食堂吃完后再打给我吧，我现在还不饿。

婷婷：好的。

婷婷走出病房。

片刻后，温迪的手机响了，温迪调整情绪，用轻松的语调：妈？

温迪母亲（画外音）：两个星期都没你的任何消息，电话也关机，你们都好吗？

温迪：都挺好的，就是公司最近很多事，就没顾上给你打电话。

温迪母亲（画外音）：你和张驰还好吧？

温迪：你给他打电话了？

温迪母亲（画外音）：一般情况下我是不会给他打电话的。你们出什么事了？

温迪：放心吧，我们都挺好的。你和我爸最近身体好吗？

温迪母亲（画外音）：我们都挺好的，上星期学校组织退休老教授们去观赏桃花，参观新校区，吃农家乐，玩儿了两天。

温迪：老同事聚在一起很开心吧？苗叔叔身体还好吗？

温迪母亲（画外音）：都挺好的。

温迪：我爸呢？

温迪母亲（画外音）：刚下楼说去买点东西，他还是"老三篇"，每天早起、跑步、写字。

温迪：老人家少跑点。

温迪母亲（画外音）：说了不听，每天跑 5 000 多步雷打不动。

温迪：哈哈哈哈！（停顿）妈，我这里还有点事儿，回头再聊。

温迪母亲（画外音）：再忙也记着来个电话报个平安，一没你的消息我这心里就不踏实，总怕出什么事。

温迪：好的，知道了，等忙过这一阵我会安排时间回去看你们。

温迪母亲（画外音）：最好安排在假期，带天佑一起来。

温迪：好的。

挂断电话后，温迪松了一口气。手机又响了。

温迪：淑燕。

淑燕（画外音）：手机没人接听，就知道出事儿了。

温迪：放心，现在感觉好多了。

淑燕（画外音）：恐怖分子逍遥法外，你倒先把自己干翻了。

停顿——

淑燕（画外音）：他把天佑抢走了？

温迪（渐渐激动起来）：儿子不在身边，我做这一切还有什么意义？

淑燕（画外音）：你先别急，你就是把两瓶二锅头都干下去天佑也回不来了。相信我，总会有办法的，他这一招就是想逼你回去。

温迪：孩子和他在一起我会终日提心吊胆，淑燕，（抽泣）我快承受不了了。

淑燕（画外音）：我想短期内应该不会有事，我们要寻找机会把天佑再抢回来。

温迪：抢？

淑燕（画外音）：对，抢回来。（停顿）但是首先你要确保自己没事。

温迪陷入思索中。（镜头拉高）她们继续交谈，婷婷端着饭盒，进入病房。

切至

一年后——

原创电影文学作品

105．（内景）　　四季酒店套房内　雨夜

（我们的视线）窗外雷电交加，暴雨正肆虐着这座灯火阑珊的不夜城，雨水猛烈攻击着卧室外整面的玻璃幕墙，水如瀑布般倾泻而下。南方的大雨总给人一种天要被下漏的感觉。

（镜头推移）传来某种富有节奏的声音：男人的低吼声和女人的呻吟声，越来越清晰……

借着窗外灯火的些许微光，隐约间可以看到一个女人的大长腿，盘在一个男人结实而挺拔的腰间。这个男人拥有浑圆的翘臀和健美的腿部肌肉。伴着一声长长的低吼，他们获得了一种酣畅的释放。

温迪的情人（画外音，富有磁性的嗓音）：宝贝儿，下午开会的时候，我满脑子都是你，真是要了命，在你身上我才真正感受到什么是女人的味道，欲罢不能。

两人喘息着，享受高潮后的满足感。

情人（画外音，认真地）：温迪，你爱我吗？

温迪（调皮地）：我想我更喜爱你性感的屁股。

两人都笑了。（镜头角度的原因，始终看不清这个男人的脸）

情人（画外音）：好啊，那你知道接下来该怎么做了？

渴望再次涌来，他们在暗夜里相拥热吻。

（特写镜头）温迪柔软细腻的手，爱抚着男人平坦结实的小腹，然后慢慢向下滑去……

情人（画外音）：哦，你的手一碰，我就受不了了。

情人身体向后仰，温迪陷入他的两腿之中，他们熟悉彼此的身体，释放着新一轮更大的激情。

（镜头对准床板，渐渐上移）一幅近乎占据了整个墙面的水墨画《雨打芭

蕉》映入眼帘。

黑场

（画外音）撞击声不断加速，雨声、手机铃声持续不断。

渐显

切至

106.（内景，同上，片刻后） 雨夜

情人（扫兴地）：你还是接吧，打电话的人很执着。

温迪打开床头灯，手机显示是张驰。她的心一下子就绷紧了。

温迪：喂。

张驰（画外音，醉酒地）：你他妈的跟哪个野男人混呢？儿子你不想要了是吧？

温迪：这么晚找我有什么事儿？

张驰：我想问你是不是不想要儿子了？

温迪：我在协议书上已经写得很清楚，如果你执意不签，我们就走法律程序。

（画外音）天佑的哭声传来。

温迪：你让儿子接电话。

（简短的特写）情人将手放在温迪的肩头轻轻地按了一下，然后走进浴室。

天佑（画外音，委屈而充满恐惧地）：妈妈，是我的错，这次我没有考好。

温迪：儿子听妈妈说，他喝醉了。你学聪明点，放下电话，就去上床睡觉。

张驰（画外音，怒不可遏地）：你他妈的跟你妈一个鸟样儿，都给我滚！滚！现在就给我滚！

温迪：儿子，你给我听清楚，明天妈妈去学校接你，带上你的书包，户口本在写字台右边第二个抽屉里，记住！

张驰（画外音）：妈的，我，抽死你！

天佑（画外音）：爸爸不要打我呀，我一定好好学习。

温迪听着电话里传来的抽打声和天佑求饶的惨叫声……

她关闭了手机，瘫靠在床背上。

温迪（自语）：他这是打给我听的。

情人（画外音）：出了什么事？

温迪扑进他的怀里，紧紧地抱住他，就像抱住了一棵大树一样。

温迪（哭泣着）：他会打死他的。

情人用手抚摸着温迪的头。（我们始终看不到他的脸）

情人（画外音）：亲爱的，你先别急，冷静一下。

停顿——

情人（画外音）：虎毒还不食子呢！

温迪：你不了解，他是一个疯子。

情人（画外音）：他是在拿孩子当筹码。

温迪：所以我要把儿子抢回来。

情人（画外音，吃惊地）：什么？你想去抢儿子？

温迪：他会毁了他。（停顿）天佑是一个敏感的孩子，很容易受到伤害。我不能在他最需要我的时候抛下他不管，他不能没有我。

情人（画外音）：我认为你把事情想得太严重了。

温迪：他已经威胁到我儿子的安全了。

情人（画外音）：如果你去抢儿子就会更加激怒他，我会为你的安全担心的。

温迪：可是，我儿子的安全怎么办？

情人（画外音）：孩子是和他的亲生父亲生活在一起，正常地教育不听话的孩子，也在情理之中，没有必要把事情扩大化，这样对大家都不好。

温迪：那你的意思是我在小题大做？

情人（画外音）：我只是觉得，你有点儿反应过度，应该三思而后行。（停顿）当然，这是你的家事，我只是局外人。

温迪显然被这句话刺痛了，她没有再说什么。（我们看到，在她柔和、光洁的皮肤下透着坚定的意志）

（简短的特写）情人拿着一条军裤赤脚站在地毯上，正抬起另一只脚往裤子里伸。

温迪（画外音，平静地）：今晚你不打算留下来了？

情人（画外音）：亲爱的，我又何尝不想与你相拥而眠，但是身不由己啊！

温迪：我从来没有像今晚这样需要情人。

情人紧紧地搂着温迪。

情人（画外音）：我明白，我们很快还会见面。

温迪：你总是来去匆匆。

情人（画外音）：明天一早我要主持一个重要会议，下午就返回基地了。

温迪咽下了她所有的失望。

情人（画外音）：亲爱的，我要走了，司机已经在楼下等我了。

情人走到门口时又返身回来将温迪紧紧抱入怀中。

情人（画外音）：亲爱的，答应我照顾好自己，别想太多，先好好睡一觉，有什么需要就打电话给我。

他用双手捧起温迪的脸，在她的额头上轻轻地吻了一下。（始终没能看到

原创电影文学作品

他的脸）

　　情人（画外音）：记住我爱你。

黑场

　　关门声传来，一切恢复了平静。

渐显

107. （内景，同上，晚些时候）　雨夜

　　（镜头俯拍）温迪躺在大床上望着天花板，冷雨夜，她独自消化着一切坏消息。一声炸雷，她蜷缩成了球状。

108. （内景，同上，晚些时候）　深夜

　　昏暗的房间里，温迪坐在玻璃幕墙边的地毯上，她从99层的高度俯瞰这座被暴雨清洗后格外清新、爽洁而寂寥的城市。
　　（画外音）没有什么特别的风景，只有看不透的天空，和一个人的灵魂。
　　（温迪的特写）在温迪凄然的黑眸中渐渐映现出……

淡出

闪回

20世纪80年代末——

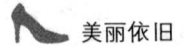 美丽依旧

109.（内景）　　北方某大学　　女生宿舍内　　日

寂静渐渐被女孩子们的说话声取代。

（配乐低声响起：《叶塞尼亚》的主题曲）（我们的视线）温迪正和三个女生忙着梳妆打扮。

（画外音）我们正准备去看一场期盼已久的周末电影，在80年代，看电影是件奢侈的事儿，所以我们很讲究观影的仪式感。

莉莉的床上放满了已经试过的衣裙，当她穿上最后一条裙子看着镜子里的自己时，露出了沮丧的神情。旁边的静雅将这一切看在眼里。

她慢慢地从箱子里抽出一条白底上开满了小野花的连衣裙。

静雅：哎，你们都来看看，这是我花巨资买的连衣裙。

所有人的眼睛都亮了。

静雅：瞧瞧你们这眼神，感觉要吃了它似的。

温迪：太美了，这种领子上系着飘带的款式，好像山口百惠穿过。

兰亭：这裙子从哪买的？好像我在商场里没见过。

静雅：你们猜？

兰亭：别卖关子了。

静雅：是我舅妈从香港带来的，你看这料子。

莉莉看看自己身上洗得都褪了色的裙子，立马像一个泄了气的皮球。

兰亭：你还没选好啊？今晚要和你的白马王子一起去看电影，而且是爱情片，你穿这条古板的裙子，太不浪漫了。

莉莉：那你看看这一堆，我能选哪条？

兰亭：好的，让我来给你搭配一下吧。

静雅：别配了，试试这条吧，反正咱俩身材也差不多。

大家（异口同声地）：不会吧？

原创电影文学作品

温迪（竖着大拇指）：仗义呀，莉莉，我再给你涂点口红，今晚一定迷死他。

兰亭：是啊，近距离魅力难挡啊！

静雅：别贫了，莉莉的白马王子马上就要到了。

（一组快镜头）换裙子，涂口红，梳头发……大家发出惊叫声，穿着这条裙子的莉莉美得令人难以置信。

莉莉出门后，大家马上趴到窗户上往下看。

（她们的视线）莉莉羞怯地走到那位儒雅的书生面前，这位白马王子显然被莉莉的美貌深深吸引了。

（画外音）姑娘们的欢笑声传来。

110.（外景）　校园内　小路　落日时分

（配乐低声响起：肖邦的音乐）温迪穿着一条白色的连衣裙，走在绿荫如盖的小路上。她踩着留有夕阳余温的鹅卵石小路，柔软光滑的长发随风飘舞——轻盈飘逸的"大波浪"是当年最时髦的发型。

路边盛开着优美的紫、白两色的丁香花，空气中弥漫着浪漫的气息，令她心醉神迷。这条路让她春心荡漾，对于温迪来说，这是一条关于爱的梦想之路。

切至

111.（外景）　某高校大礼堂门前　日落时分

（配乐持续）（广角镜头，我们的视线）苍松翠柏的环抱中，一座令人仰

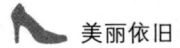

视的雄伟建筑伫立在眼前。它有着古朴的琉璃瓦大屋顶和昂扬地伸向苍穹的飞檐;有着用天然灰白石铺成的宽阔台阶,两边是雕工精细、华丽无比的汉白玉石栏杆。

落日的余晖温暖了整个画面,前来观影的人们在台阶上显得很小。

(简短的特写)温迪拾级而上,抬头仰望着这座宏伟建筑,眼中流露出一种神圣的仪式感。

黑场

(画外音)当兵的,你不等我了?

渐显

112. (内景)　　大礼堂内　夜

荧幕上显现奥斯瓦尔多和叶塞尼亚约会的场景。

(特写镜头)温迪盯着银幕上的画面,生怕错过一句台词,她的眼中荡漾出少女的春心。

渐渐地从温迪的黑眸中叠化出——

黑场

简·爱(画外音):你以为我穷、相貌平平,就没有感情吗?

渐显

原创电影文学作品

113. （内景，同上）　夜

　　银幕上出现简·爱和罗切斯特。
　　简·爱：我向你发誓，如果上帝赐予我财富与美貌，我也会让你难以离开我，就像我难以离开你一样。上帝没有这样安排，但我们的精神是平等的，就如同你我走过坟墓，平等地站在上帝的面前。
　　（简短的特写）莉莉和男朋友的手紧紧地握在了一起。场内座无虚席，鸦雀无声。
　　（画外音）《简·爱》的主题曲响起。
　　（镜头推向银幕）双目失明的罗切斯特孤独地坐在林荫路旁的长椅上，简·爱朝他走去……
　　（特写镜头）温迪的眼中溢满感动的泪水。

　　淡出

114. （内景）　酒店套房内　夜

　　（《简·爱》的主题曲响起，画面从温迪的黑眸中淡出）温迪神情坚定，她收拾好自己的东西，走出了房门。

　　　　　　　　　　切至

115. （内外景）　粤东某海滨城市　滨江小学　日

　　朗朗的读书声回荡在空旷的校园，温迪穿过操场走进教学楼，她从右边

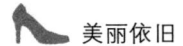 美丽依旧

的楼梯上至三楼，径直朝天佑的教室走去。

（镜头对准六年级3班的牌子，接下来镜头在教室内外切换）

讲台上站着一位女教师，她背对着同学们在黑板上写着暑期作业。这是班主任吴老师。

靠窗的一位男同学，发现了正在向里张望的温迪。

男同学兴奋地隔着几排座位，轻声呼唤着前边座位上的天佑。

男同学：天佑，天佑，你妈妈来了。

天佑正在埋头抄写，没有听到男生的呼唤，而听到这个消息的其他同学都踮着脚尖，悄悄来到窗边向外张望。

温迪发现几个小脑袋贴在窗户上。孩子们好奇地看着她，样子十分可爱。温迪微笑着向他们点头。

坐在天佑后一排的一个小女生，捅了一下天佑。

女生（小声地）：天佑，你妈妈来了。

天佑：在哪儿？

女生：就在外面。

这一消息在教室里引起了不小的骚动。

班主任转过身来。

班主任（严肃地）：请回到自己的座位上去，（停顿）下面把今天讲的课文中的生词抄写五遍。

温迪看表，吴老师走出教室。

温迪（迎上去，热情地）：吴老师，您好！好久不见了。

吴老师：您能来真是太好了，我正想找您呢。

温迪：天佑怎么样？

吴老师：我正想和您谈谈天佑的情况。

温迪（紧张地）：出了什么事？

吴老师：请放心，没什么大事，（停顿）只是近期他变得越来越不愿意和

同学接触，班里的任何活动都不愿参加，沉默寡言，这已经不太像原来的天佑了，我真的很担心。

沉默片刻——

吴老师：以前在课堂上，我的问题还没说完，他就举手了，而现在他几乎从不发言。前天我在课堂上提问，他坐在那儿发呆，我大声叫他的名字，竟然吓得他发抖。最近学习成绩也有点儿下滑，不过这个我倒不担心，我担心的是他的心理变化。

温迪深感内疚地点头。

吴老师：前天我叫他到办公室问他究竟发生了什么事，但他什么都不肯说，最后就只说了一句"我想妈妈"。

温迪（自责地）：都是我不好。

吴老师（单刀直入）：我听说您和天佑爸爸的事了，但我想说的是天佑更需要你，孩子还小，母爱不能缺失。

温迪：我绝不会放弃天佑，作为一个母亲，我感谢您为天佑所做的一切。

吴老师：因为我也是母亲。

吴老师（看了一下表）：马上要下课了，我先进去了。

温迪环顾四周，看上去有点紧张和焦虑。下课铃响了，教室门打开，天佑第一个冲出教室扑进温迪的怀中，紧紧地搂着温迪的脖子，好像生怕妈妈跑掉似的。

男同学（画外音）：阿姨好！

女同学（画外音）：阿姨好！

温迪：你们好！

温迪：来，妈妈帮你背，这书包也太沉了。

天佑：妈妈，我都带上了……

天佑从双肩包里拿出户口本。

温迪：太好了！

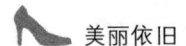美丽依旧

天佑：课本也都带了。昨天晚上我听到他在打呼噜，就悄悄地从抽屉里找到了户口本，放进书包里就去睡觉了。

温迪：真是妈妈的好儿子！

天佑：妈妈，我不想再离开你了，和你永远住在茶店我都愿意。

温迪：记着，从现在起我们母子永不分离。

温迪突然意识到一个问题。

温迪：我们得马上离开这里。

她领着天佑朝来的方向走去，突然转过身朝相反的方向消失在人群中。

切至

116.（内景）　　学校教学楼内　　日

张驰走进教学楼从右侧楼梯上行，他一边躲闪着潮水般涌下来的孩子们，一边用手机在通话。

张驰：宝贝儿，对不起！昨天感觉比较累所以早早就睡了，今晚等孩子睡着就去陪你。我还给你买了礼物呢。嗯，好的，晚上见。

张驰看到天佑班上那个男同学。

男同学：叔叔好！

张驰：鹏仔好，天佑在教室吗？

鹏仔（兴奋地）：天佑的妈妈来接他了！

张驰脸色骤变。

张驰：什么时候？

鹏仔：他们刚走。

鹏仔话音未落，张驰已转身冲下楼梯。

切至

117.（内外景）　　学校门外街道　轿车　日

温迪拉着天佑一路小跑，越跑越快。他们穿过马路，朝着一辆停靠在路边的奔驰车跑去。

温迪拉开后车门，天佑像一只小猴子般蹿进车里。

坐在驾驶位上的淑燕回过头——

天佑：淑燕阿姨好！

淑燕（亲切地）：嗨，天佑，好久不见你了。

温迪：淑燕，我想把这书包放到后备厢里。

淑燕：OK，顺便再拿几瓶水出来，还有一袋给天佑准备的零食。

天佑（看上去很开心）：谢谢阿姨！

温迪关闭后备厢，警惕地朝四周看了一下。

她把食物袋递给天佑，又递给淑燕一瓶水，当她的脚正要跨入车门时，她听到了一个令她毛骨悚然的声音。

张驰（画外音）：温迪。

温迪像被电流击中一样僵立在原地。

温迪（对着天佑）：待在这儿，不管发生什么事都不许出来。

（我们的视线）天佑抱着食品袋一边向后退缩一边不停地点头。

温迪用力关上车门，在她转身的一刹那，张驰像一只凶狠的猎豹扑了上来，紧紧地卡住了温迪的脖子。

温迪被卡得喘不过气来。

张驰（用冷得瘆人的语调）：亲爱的，你这是打算去哪儿啊？我在问你呢，你打算带着我儿子去哪儿？

他猛地向后一撤，然后又将温迪的头重重地砸在车门上，温迪发出一声沉闷的呻吟。

张驰：你这个臭婊子！

接着他揪住温迪的头发，朝她脸上一记重拳，将温迪打倒在地。

温迪满脸是血，张驰发疯似的朝温迪的肚子猛踹。

此时的温迪，像一只任人宰割的小鹿，她双手捂着头，毫无还手之力，只能听从命运的安排。

镜头对准正在拍打着车窗，不停哭喊的天佑。

（这时我们看到）张驰的脸上闪过一丝邪念。

他慢慢抬高自己的脚，朝着温迪的脸上踩下去。

这时一个人影蹿出，将他推到一边。淑燕挡在了他的面前。

张驰一愣。

张驰：原来是你在给她撑腰啊！

淑燕没有回应他，却用犀利的目光直视他的眼睛。

张驰：不如你先管好你自己的事儿，我来管理我们家里的事。

淑燕：依我看这是人命关天的事。

围观的人渐渐多了起来，他们议论着。

张驰：请你打开车门，我要带我儿子走。

温迪：除非你踩着我的尸体过去。

张驰一把推开淑燕，扑向温迪。

警笛鸣响，警车到了。

张驰的目光似尖刀般刺向淑燕，淑燕迎着他的目光没有丝毫畏惧。

这时从警车上跳下两名警员，淑燕在给他们说明情况。

张驰被带上警车，他回头望向温迪，温迪目光决绝。

120救护车赶到，淑燕和警员一起将温迪抬进车内，温迪看上去极度痛苦。

（镜头对准在车窗内呼喊着的天佑）天佑看着载着妈妈的救护车消失在视线中，他眼神孤苦凄凉。

切至

118. （内景）　市中心医院　诊疗室　日

温迪头上包着纱布，脸和脖子上有大片瘀青。她看上去很虚弱，但仍强忍着痛苦坐在那里。

淑燕、潘娜和温迪正在听主治医生分析病情。

医生（指着灯箱上的片子）：你们看，第二根肋骨出现骨裂，全身多处软组织挫伤。我建议住院一周，观察治疗。

切至

几天后——

119. （内景）　医院　温迪的病房　傍晚

温迪躺在病床上看书。

片刻后，她拨通了潘娜的手机。

潘娜（画外音）：温总，今天感觉怎么样？

温迪：好多了，疼痛减轻了很多，医生说过两天就可以出院回家疗养了。

潘娜（画外音）：那就好，我妈说明天给你煲鱼胶，这个对伤口愈合有

好处。

温迪（情难自禁）：代我谢谢你妈，出院一定去看望你父母，太麻烦他们了。

潘娜（画外音）：别客气，他们都没把你当外人。

温迪：我只是觉着丢人。

潘娜（画外音）：这又不是你的错。

沉默片刻。

温迪：天佑情绪怎么样？

潘娜（画外音）：开始那两天老是哭着让我带他来看你，这两天好了很多。晚饭后，我爸总是带着他和狗狗一起去散步，他和狗狗玩得很开心。

温迪（停顿片刻）：娜娜，你是看着天佑长大的，他是一个聪明又敏感的孩子，他也是我在这场失败的婚姻中仅存的硕果。恐惧，使他极度脆弱和缺乏安全感。让他幼小的心灵承受这一切，我感到深深的自责，所以我需要时间多陪伴他。

潘娜（画外音）：我理解你，我也很爱天佑。这两天看着他，心里觉得很痛。你能这样拼命来保护他，我很敬佩你的勇气。

温迪：生活令我猝不及防，我不得不仓皇地踏上一条自我救赎的冒险之旅，一切都要从头开始。要去学习解决新问题。

潘娜（画外音）：是啊，公司成立这么多年，我们成功地解决了很多问题。

温迪：但这一次，我深感力不从心。这两天我想了很多，这些年来你对公司尽心尽力，我心里是有数的。接下来，我想把公司委托给你，我还拟了一份配得上你的付出的方案。

潘娜（画外音）：可是公司是你一手创建的，没有你怎么行？

温迪：我永远都会在身后支持你。只是现在公司需要有一个人能带领大家继续前行，这个人就是你，而你完全可以胜任。至于我，有人说，自己选的路，跪着也要走完，但我不想跪着，我想站着走完它。

切至

120.（内景，同上，晚些时候）　夜

温迪靠在床头睡着了，手中的书滑落到一边。

切至

121.（内景，同上，稍后）　夜

手机铃声。温迪撑起眼皮，拿起手机。

温迪：喂，喂，喂！什么毛病啊，打电话来又不说话？

一个年轻女人的声音（画外音）：是我。

温迪：你是谁？

年轻女人（画外音）：我是张驰的朋友。

温迪像被这声音点中了穴位，困意全无。

温迪（冷冷地）：又是你。

年轻女人（画外音）：我很抱歉。

温迪：我真佩服你的胆量。

年轻女人（画外音）：我知道在这个时候给您打电话不合时宜。

温迪：但你还是打了，请问你是怎样做到的？

年轻女人（画外音）：鼓起勇气打这个电话，对我来说不是一件轻松的事儿，（停顿）但，是为了救他，你知道他现在在拘留所，能依靠的也只有

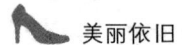

我了。

温迪：Wow，伟大的爱情，真令人感动啊！（停顿）但你应该知道，任何人都要为自己的行为付出代价。

年轻女人（画外音）：我知道。

温迪：那你找我干什么？

一阵沉默。

年轻女人（画外音）：你给警察的口供及伤检报告，对他很不利，一旦追究刑事责任，他将失去一切。

温迪被触动。沉默。

年轻女人（画外音）：如果您能申请宽恕他，那情况就会不同，他会重获自由，而您也可以得到您想要的自由。他会在《离婚协议书》上签字。

年轻女人一口气说完后，双方陷入沉默。

温迪：成交！他签完字我就递交申请。

年轻女人（画外音）：谢谢你！

温迪：明天可以签字吗？

年轻女人（画外音）：我想可以。

沉默。

温迪：顺便问一句，你到底看上了他什么？

年轻女人（画外音）：我想我爱他，尽管他有颗饱受煎熬的灵魂。

温迪：他不过是一只愚蠢的禽兽，谁知道呢？也许有人天生喜欢受虐。祝你好运！

温迪挂断电话，长舒了一口气，有种被命运再次捉弄的感觉。

切至

一个多月后——

122. （内景）　　温迪的茶庄　秋日

　　温迪和婷婷神情专注地品鉴着刚上市的铁观音秋茶。

　　温迪（对着婷婷）：今年的秋茶品质不错，韵味足，卖相又好，（停顿）我看可以多订一些货，迎接下半年两个大节的送礼高峰。

　　婷婷赞同地点着头。

　　温迪闻着盖碗盖上的香气，露出极其满足和享受的神情。

　　温迪（用汕头方言）：好茶呀！

　　这时桌上温迪的手机发出响声，屏幕显示：张天佑同学已被我校录取，请于8月20—25日前来我校报到。

　　温迪生怕看错一个字，她用手蘸了点儿茶，抹了抹疲惫的双眼，边看边读……

　　婷婷：天佑考上了他最喜欢的那所学校？

　　温迪（兴奋地）：是的！

　　婷婷：心想事成啊！

　　温迪：Yeah！你继续试，我上楼去通知他，让他高兴高兴。

　　婷婷：代我向天佑……

　　她发现温迪已没了踪影。

切至

123. （内景）　　温迪的办公室　日

　　坐在电脑前的天佑，被日本动漫《火影忍者》的剧情所感动，看上去想要哭的样子。

温迪像一阵旋风卷入房间,天佑被她吓了一跳。

天佑:妈妈,你怎么了?

温迪激动地将自己的脸贴在天佑的小脸上,使劲儿地蹭着,天佑一脸莫名。

温迪:儿子,你被你最中意的学校录取了,你看。

天佑看完信息高兴地笑了,两道弯眉笑成了月牙儿,这是近期他所绽放的最灿烂的笑容。

温迪:儿子你真棒!你给我们带来了好消息,我们太需要好消息了。

温迪(激动落泪):没有什么事儿比实现你的愿望更能让妈妈开心了。

切至

几天后——

124. (外景)　培雅中学　校园内　秋日

(镜头俯拍整个校区)(配乐轻声响起:肖邦的音乐)秋日的朝阳给校园披上了一层彩霞,红砖碧瓦颇具规模的建筑群掩映在参天古树中,凸显出这座百年老校特有的一种厚重的历史感。

温迪和天佑从古朴庄严的大门走入校园。

(我们的视线)温迪穿了一条裁剪十分合体的碎花连衣裙,油画般柔美的色调,映衬出她妩媚的女人味,散发出温暖的母性光芒。

温迪瞟了一眼身旁的天佑。天佑一边听着音乐,一边观察和感受着周围的一切。从他的目光中温迪读出了:他喜欢这里的一切。

晨光透过茂密树枝的缝隙洒下斑驳的亮光,路边盛开的各色小花娇艳无比。温迪享受着久违的幸福感，呼吸着芬芳的气息，将连日来如坐过山车般的紧张、恐惧与疲劳都融化在这泉水般清凉的绿荫里。

切至

125.（外景，同上，稍后） 秋日

综合教学楼右侧的路边依次排列着 12 个班的新生报名点，后面是大片的草坪，如绿色的地毯伸向远方，周围是盛开着白色和粉色花朵的夹竹桃。

温迪带着天佑，来到初一 3 班的报名点。

一位看上去大约 35 岁的女老师和另两位更年轻的教师，正忙着接待陆续到达的家长和同学们，温迪走上前去。

温迪向她释放出最大的诚意。

温迪：您好，请问您是 3 班的班主任杨老师吗？

杨老师（热情地）：是的，我是初一 3 班的班主任杨静，您孩子的名字是？

温迪：张天佑。

天佑：杨老师好！

杨老师身材娇小，却显得很干练，敏锐的目光中透出认真和善解人意。这让温迪放心了许多。

杨老师：你好张天佑同学，欢迎你来到我们 3 班。你看，（她指着周围的孩子们）这些都是你今后朝夕相处的同学，你可以先认识一下他们。

她递给温迪两张表格。

杨老师：这是一份新生入学调查表，烦请您填写一下，尤其是特长部分，尽量写详细一点，我想尽快熟悉每个孩子的情况。今后还要请您多多支持我

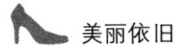

的工作。

温迪（真诚地）：一定全力配合。

温迪拿着表格走到旁边的桌子上填写着。天佑走到温迪身边，轻声低语。

天佑：妈妈，你要写上，我喜欢音乐、动漫，还刚刚通过了钢琴十级考试。

温迪（笑道）：当然，这是必须的。

温迪填写好后，将表格交给了杨老师。温迪她向四周看了看。

温迪（压低嗓音）：杨老师，不好意思，我想占用您一点时间。

杨老师抬头看着温迪神秘而凝重的神情。

温迪：我们家的情况有点儿特殊，所以……

杨老师：好的，（她指着不远处一棵超大的夹竹桃树下的长椅）我们去那儿谈好吗？

温迪：谢谢！

杨老师（冲着旁边一位年轻教师）：张老师，你先统计一下已有的报名人数，11点半，带学生和家长参观校区。

张老师：好的。

温迪和杨老师坐在那棵盛放着粉色花朵的夹竹桃树下交谈。

温迪：天佑生长在一个特殊的家庭，我和他爸爸刚办理完离婚手续，天佑归我独自抚养。他的父亲是一个……

（镜头渐渐拉高拉远，直到听不到她们的谈话）

（广角镜头）天佑已和新认识的同学们在草坪上踢着足球，释放着孩子的活力。

杨老师（画外音）：在孩子最重要的可塑期，由您来抚养是一个正确的选择。

温迪（画外音）：所以我不允许任何人以任何名义接送天佑。

杨老师（画外音）：如果你生意忙或者出差什么的怎么办？

温迪（用毋庸置疑的语调）：没有如果。我很抱歉。

杨老师：希望天佑能像你一样坚强。

温迪（画外音）：谢谢您！

镜头画面中的人越来越小，阳光照亮了整个校园。

切至

126.（内景）　　温迪的办公室套房　夜

温迪依靠在床头，给天佑的新校服绣名字。

天佑在电脑前看着动漫。

天佑：妈，我放一首歌曲给你听。

温迪：OK。

天佑给温迪播放了一首《菊次郎的夏天》的主题曲。

温迪：真好听，谢谢儿子，总与妈妈分享你的好音乐。我真的非常享受。

天佑：那也要看你的表现了。

温迪（指着满床的校服）：你看看春夏秋冬各两套校服，老师要求每一件都要绣上名字，妈妈都已经绣了两个小时了，这个表现也太好了吧。

天佑：所以才用好听的音乐奖励你呀。妈，把嘴张大，给你再奖励一个薯条吧。

温迪（假装不经意地）：今天你的班主任杨老师给我来电话。

天佑：怎么了？

温迪：他想让你参加新生入学音乐会。

天佑：我能做什么？

温迪：表演钢琴独奏，她告诉我初一共有12个班，每个班只选送两个节

目，他想让你代表 3 班去表演。

天佑：可是我已经告诉杨老师，我不想参加，（停顿）没意思。

温迪：哦，但是我记得那天是你嘱咐妈妈填写你的钢琴特长。

天佑：我只是想让他们知道我会弹钢琴而已。

温迪：哦，我也在想，杨老师也太信任你了，她甚至都没有听过你弹琴，就敢让你代表 3 班上台表演，这也太夸张了吧。

天佑（不服气）：你忘了？我们填写的是"通过钢琴十级考试"了。

温迪：哦，我差点忘了，不过我在想，一定会有很多同学想得到这个机会。

温迪观察着天佑。

温迪：我想他们应该不会认为你是在吹牛吧？

天佑：我才不关心他们怎么想。

温迪：好吧，不早了，该睡觉了。

沉默。

天佑：你认为我应该参加吗？

温迪（暗自窃喜）：还是由你来决定吧，不过我倒认为，如果你有一个好的表现，这会给 3 班带来荣誉，而且也没有辜负杨老师对你的信任。

天佑：可是我怕弹不好。

温迪：这点我倒不担心，曲目都是你熟悉的，而且这是你喜欢做的事，相信你会做得很好，现在你缺少的只是一点儿自信。

天佑：我明天就去琴房练琴，我会选择我喜欢的乐曲去参加表演。

温迪：当然，这是必须的。

天佑：妈，我一直都想对你说，对不起，我不应该相信他的话离开你。害得你挨打。

温迪：这不是你的错，况且这一切都过去了。

天佑：妈，我觉得他有病，随时都会发疯，今后我不会再相信他的话离开你了。

温迪：我们永远不分离，从现在开始，我们要忘记那些不愉快的事，你是妈妈的幸运之神，你带来的好消息也鼓励妈妈去努力赚钱。记着，我们都不能做到独自坚强。

天佑用脸蹭了两下妈妈的脸。

温迪：有股汗臭味，快去冲凉。

切至

几天后——

127.（内景）　培雅中学礼堂　日

温迪坐在观众席靠前的座位上观看新生表演的手语歌《感恩的心》，明亮纯净的童声响彻大厅，充沛真诚的情感表达让台下的家长们为之动容。雷鸣般的掌声经久不息。

稍后，一位小主持人（女生）登台：接下来，请大家欣赏钢琴独奏《公社是朵向阳花》。演奏者：初一3班张天佑。

（镜头在天佑和温迪之间切换）

天佑走上舞台，向观众深深鞠躬。他身形瘦削，一张清秀稚嫩的小脸略显苍白。他静静地坐在琴凳上，似乎有一种能使人回归宁静的魔力。

他紧张地搓了搓手，温迪屏息凝视。

天佑把手轻轻地放在琴键上。

温迪（画外音）：消除紧张最有效的方法就是抛开杂念，全身心地投入到乐曲中去。

片刻后，轻快悠扬的乐曲从天佑的指尖流出，回荡在空中，希望的光芒在温迪的黑眸中闪烁。

切至

128.（内景）　　白云国际机场大厅　登机口　日

温迪和淑燕紧紧相拥，天佑站在一旁看着她俩。多年来积淀的深厚情谊，如山洪暴发般无法阻挡，她们尽情地用泪水释放着。

稍后——

温迪：怎么走得这么突然？

淑燕：是总部的决定。

温迪：你会长住澳洲吗？

淑燕：我想是的。

温迪：我会非常想念你。

淑燕：Me too。

温迪：对于那座城市来说，我们都是匆匆过客。

淑燕：但我们拥有回忆，收获了真诚、坦率、友谊。

温迪：我很迷恋这种友谊，尤其在那些困难的日子里，你奉献的友谊拯救了我。

淑燕：拯救你的终究还是你自己，我为你骄傲。

温迪：但我还是想说声"谢谢"！

淑燕蹲下来，拉着天佑的手抚摸着。

淑燕：多漂亮的手啊，能弹出那么动听的音乐。听你妈妈说演出很成功，可惜那一天我没能赶到。

天佑：妈妈说我们会去看你。

淑燕：阿姨非常期待。

原创电影文学作品

淑燕（对着温迪）：如果买房缺钱请让我知道。

温迪：已经差不多了。

淑燕向登机口走去，她们挥手告别，母子俩目送淑燕消失在视野中。

稍后，温迪和天佑朝大门走去。

天佑：妈妈，淑燕阿姨对我们真好。她好厉害，那天她一把推开爸爸不让他再踢你。

温迪：她给我们的帮助，永远都是我们最需要的。我们的友谊无须太多言辞，所以弥足珍贵。

天佑：妈妈，什么是弥足珍贵呀？

温迪：就是那种永远留存心底的温暖，很珍贵。

天佑似懂非懂地点着头。

切至

2015 年——

129.（外景）　美国旧金山　金门大桥　轿车　夏日

（配乐响起：《不常仰望，何以飞翔》）（航拍）金门大桥。薄雾下，一部橙红色的野马跑车渐渐驶近。

切至

130.（内景）　天佑的车内　夏日

天佑（对着耳机留言）：妈，睡醒后请和我语音联系，有点事儿想嘱咐

你。另外,这次你来美国,由我来安排一切,你不要再操心了,你的任务就是享受假日之旅,OK?还有,帮我带六盒铁观音,我想送朋友,再把我小时候用过的那本肖邦琴谱也带过来。

他摘下耳机换上耳麦,随着音乐大声地唱着阿姆的说唱歌曲,酣畅无比。

切至

131. (外景,稍后)   半岛别墅区   轿车   夏日

(我们的视线)汽车驶向半山弯道高处的住宅区,行至一幢白色的三层洋房门前的车道边停了下来。天佑从车里走出,他环顾四周。洋房面朝大海,每个细节都令人赏心悦目。

天佑已长成高大帅气、青春逼人的小伙子,发达的肌肉将T恤衫撑得满满当当,释放着阳光般的活力,完全成熟而健美的身形使他成为一个真正的男人,只是脸上纯真的笑容还透着几分稚气。

天佑走向门口,揿响门铃,一个40岁出头的上海女人来应门。

天佑:您好,请问您就是陈阿姨吗?

陈太:是的,你就是张天佑吧?

天佑:是的。

陈太:请进来吧,哦,原来这么年轻啊,还在读大学吧,请把那双拖鞋换上。

天佑:今年刚毕业。

这个看上去精明、热情还很漂亮的女人,上下打量着天佑,从眼神中可以看得出来,她对这个小客户还是挺满意的。她指着进门的右手边,这是洗衣间。

天佑看得很仔细，客厅虽不算太大，但干净整洁，装饰得也很温馨。

　　陈太：厨房的餐具都可以用，冰箱清空了两层给你们使用，应该是够的啦。小张啊，卫生方面阿姨是很讲究的啦，一定要保持整洁哦，尽量不要做煎炸食品，油烟味儿太重，那可是吃不消的啦。

　　天佑：阿姨放心，我妈有洁癖，我们一直生活在广东，吃得比较清淡。

　　陈太：哦，那太好了，你妈一定很会煮东西。

　　天佑：是的，她做的东西很好吃。

　　陈太：我们去三楼看看你们的房间吧。

　　天佑：妈妈很喜欢大海。

　　陈太：这个海景房之前我从没出租过。

　　他们来到三楼，陈太打开房门。

　　夹杂着海水淡淡咸湿味儿的空气扑面而来，把落地纱幔吹得此起彼伏。天佑走到窗前眺望大海，感到心旷神怡。

　　天佑：妈妈一定会喜欢这里的。

　　稍后——

　　天佑：陈阿姨，租金能不能再便宜一点？

　　陈太：哦哟，这已经是最低的价钱了，你看这些床上用品，都是全新的。

　　天佑：我是用打工存的钱特意给妈妈租的，平时我是和同学合租在比较便宜的社区。

　　陈太（被触动）：你多久没见你妈妈了？

　　天佑：差不多四年了。

　　陈太（惊呼）：这么久？

　　天佑：我每年假期都在边打工边选修一些课程，想早点毕业。

　　陈太还想问点什么话，却又把话咽了回去。

　　天佑：是妈妈独自抚养我的。

　　陈太：看你一片孝心，就800美金吧。

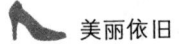

天佑（兴奋地）：谢谢阿姨！

陈太：我去拿合同。

天佑静静地站在窗前，思绪飘向远方……

切至

8年前——

132. （内景）　温迪的茶叶仓库　日

500多平方米的仓库里，整齐有序地摞满了不同品种的茶叶。

十几个搬运工，每人肩上扛着两件普洱茶，往停放在门口的大货车上运送。

公司的其他员工也在各尽其责地忙碌着。

温迪和婷婷站着正商量什么。

温迪：等一下搬完这批货，腾出来的这块空地，就放中秋礼品茶。

婷婷：正好那批货是下午5点多到。

温迪：最近货的品种繁多，千万别出岔子，你要亲力亲为，出货和进货一定要清点准确。

婷婷：好的。

温迪：阿亮他们还在货场吗？

婷婷（看了看表）：那批空礼盒现在应该到了，广西和河北的客户一直在催。

温迪（想了想）：你马上打电话给阿亮，告诉他卸下来的货不用再拉回仓库了，就在货场重新填单直接发给客户。

婷婷（眼睛一亮）：是哦，我怎么没想到呢？

温迪冲着向她走来的包工头——

温迪：吴师傅辛苦了。

吴师傅：很快就搬完了。

温迪：吴师傅你办事我最放心，等一下让婷婷给你们每位师傅送一饼熟普，略表心意。

吴师傅：真不好意思，每次您都给我们送茶，谢谢了。

温迪：我看你们最近行情不错嘛。

吴师傅：老板娘，要是中秋前都没行情，那就真该喝西北风了。不过不管多忙，只要你这里有货要搬，我第一时间先安排搬你的货。

温迪：谢谢谢谢！

吴师傅看着婷婷走过来，便识趣地走开了。

婷婷：温总，没问题，阿亮他们搞定了。

温迪（指着搬运工身上扛的货）：这批货款陈老板怎么说？

婷婷：他说只要把发货单传给他，就汇款过来。

温迪：记住催客户付款，一定要讲究说话的艺术，另外一大早别催款，招人烦。

婷婷：好的。

婷婷（压低嗓音，神秘地）：王老板让我把货发到云南，可他的茶庄在东莞，这批货，从原产地云南再卖回广东，就翻了七八倍都不止，而我们卖给他，那么便宜。

温迪：首先你要知道，言多必有失，这个世道我们要管理好自己的心态，凭良心做生意，但我们没有能力去管别人的事儿，即便他赚翻了，也和我们没有一毛钱的关系，知道吗？

婷婷没有出声，温迪看了一下表。

温迪：你在这儿盯着，我先回茶庄了。总公司李总三点到。另外你联系一下滨江渔村，定个十人的包厢，晚上我请他们吃饭，你也一起去。

切至

当天——

133.（内景）　温迪的办公室套房　夜

天佑冲完凉裹着浴巾从里屋出来，他坐在电脑前显得心神不定，无所事事。

楼下传来汽车的声音和人们的说笑声，天佑辨别出妈妈的声音。他趴在窗前向下张望。

（天佑的视线）温迪和李煜先后从一部奥迪越野车里走出，他们并没有马上告别离开，而是站在路边聊天，好像有说不完的话。借着车灯，天佑仔细观察着这个看上去和温迪如此亲密的男人，他极力想看清那个男人的样貌，但由于光线和角度的限制，他的努力失败了。他有点沮丧和失落，显得心事重重。

稍后，他们终于握手告别了，态度是那样的亲切。

听到妈妈的脚步声，天佑赶紧返回到电脑前，装作若无其事的样子，心不在焉地点击着页面，等着妈妈。

温迪轻轻推开门，在酒精的作用下，她看上去面若桃花。

温迪（温柔地）：儿子，妈妈回来了，这是给你买的明天去学校带的东西。

天佑接过放在桌子上，温迪进里屋。

温迪（画外音）：你冲凉了吗？

天佑：冲了。

温迪：你晚上在干什么？

天佑：在等你，（停顿）你今天没有开车吗？

温迪：没有，因为要陪客人喝点儿酒，所以就没开车。

天佑：谁送你回来的？

温迪：总公司的李总。

天佑：他看上去很不错，像个大老板。

温迪从套间走出，她换了一身宽松的衣服。

温迪：谁？

天佑：刚才送你回来的那个叔叔——

温迪（看了一眼天佑）：是的，他人很好，曾经是妈妈广告公司的客户，现在是妈妈的老板，也是十多年的好朋友。

天佑点头。

天佑：像淑燕阿姨那样的好朋友吗？

温迪：嗯，（瞟了一眼天佑）还不太一样。淑燕阿姨更亲一些。

天佑如释重负，露出了满意的神情。

温迪（故作严肃状）：儿子，今晚妈妈要向你宣布一件重要的事情。

天佑：什么事儿？

温迪：想知道吗？

天佑：是不是爸爸又来找事儿？

温迪：他哪里还有那么大的胆子，如果他再敢来找事儿，警察把他抓走，就不会再放他出来了。（停顿）看把你吓得，还说要保护妈妈。

天佑：我是说长大以后。妈，什么事儿，快点说嘛。

温迪：这可是件大事，得讲究点仪式感。你去放点儿好听的音乐，再给老妈倒杯红酒。

说完温迪进了套房，她感觉有点累了，靠在床上休息。

歌声响起——迪里拜尔演唱的歌曲《乘着歌声的翅膀》。这是温迪十分喜爱的歌曲，她接过天佑递给她的红酒呷了一口，闭上眼睛享受着，感到幸福

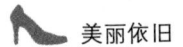美丽依旧

有时很简单。

天佑也爬了上来和温迪并排坐靠在床上。

天佑：妈，现在可以说了吧。

温迪（用极其平静的语调）：我们要有一个新家了。

天佑：你是说我们买了新房子？

温迪含笑点头。

天佑（兴奋地）：真的？

温迪：你没看到老妈最近累得半条命都快没了吗？这是上帝给我们的奖励。

天佑：老妈我爱你！

天佑用脸蹭着妈妈。

温迪：是你鼓励了妈妈，让我焕发出无穷的力量。

母子俩依靠在一起，享受着这个好消息。

天佑：咱们的新房子在哪里？

温迪：在一个有山有水，有大片绿地，花草茂盛绿树成荫的地方，你可以在那里打篮球、踢足球和游泳，最重要的是离你的学校很近。

天佑：Wow，老妈你太棒了！

温迪：我们一共有四间房，一间房妈妈住，另一间房留给爷爷奶奶住，还有两间房是你的。

天佑：为什么我有两间房？

温迪：因为你是家里的小主人，你现在大了，要自己住。

天佑：但我有的时候还是想和妈妈睡。

温迪：偶尔睡一下是可以的。

天佑：那还有一间房做什么？

温迪：用来做你的书房，那里将摆放一件妈妈送你的礼物。

天佑：是什么？

温迪：钢琴。

天佑（跳了起来）：Wow！妈妈我爱你！

天佑在床上跳跃，翻腾。稍后，他平躺在床上，望着天花板。

天佑：妈，我想把钢琴房涂成大海的颜色，可以吗？

温迪：当然可以，那是梦想的颜色。

天佑：谢谢老妈！

温迪走进浴室，留下天佑独自消化这些好消息。（配乐延续）

切至

当下——

134.（外景）　陈太的家门前　日

天佑和陈太握手告别，开车离去。

切至

135.（内景）　温迪的家　套房内　夏日

（镜头对准地上放着的两个打开的旅行箱）温迪一边和婷婷通着电话，一边看着备忘录，往箱子里放着所需要的东西。

温迪：好的，就按你的建议办。另外，你给天佑准备20份铁观音，要选好的。

婷婷（画外音）：放心吧，我知道天佑喜欢的口感。

温迪：所以天佑喜欢你。

婷婷（画外音）：嘿嘿，温总，准备20份是不是太多了，箱子能装得下吗？

温迪：再准备十个飘逸杯，这些东西让他当手信送朋友挺好的。

婷婷：哦，晕死了，这是搬家的节奏吗？

温迪：天佑朋友多。你先别晕，我还托朋友从汕头带了十袋手打牛肉丸呢，这是他最喜欢吃的。

婷婷：上帝啊，母爱泛滥真可怕，你会超重的。

温迪：我可以削减自己的东西。

婷婷：无语了。

温迪：抓紧时间吧，一会儿我去拿，中秋前记着给淑燕寄茶叶。

婷婷：还是那个地址吗？

温迪：是的。

温迪收线，在备忘录上把已经放入箱内的物品都打上钩。她又将一套全新的《曾国藩全集》放入箱内。

（镜头推移）温迪进入那间海蓝色的书房。落地窗前的植物比天佑走时长高了许多，午后的阳光把油绿的叶子照得闪闪发亮，一切都是那么的静谧与安详，一切都是按着天佑走时的样子摆放的，时间似乎定格在那一刻。

钢琴上摆放着一篮浅黄色的满天星干花，奖杯、节拍器，还有一张天佑幼时弹琴的照片。墙上挂着两幅以孩提时代天佑和温迪在海边嬉戏为素材创作的油画作品，画框的形状似船上的舷窗，仿佛透过它可以将视野无限延伸……

温迪打开节拍器（画外音）：哒，哒，哒，哒……

她从书架上找出那本已泛黄的肖邦夜曲集，同时将一张纸带落在地上，她俯身捡起。

（短暂的特写）"市长杯作文比赛二等奖　初一3班　张天佑"几个字映入眼帘。

淡出

闪回

渐显

136.（内景）　培雅中学　初一3班　教室　日

（配乐响起）（我们的视线）黑板上用彩色粉笔写着"热烈欢迎各位家长光临市长杯获奖作品朗诵会"。

杨老师在讲台上致欢迎词。

淡出

切至

当下——

137.（内景）　沿江公路　车内　日

（温迪的主观视线）温迪透过挡风玻璃看着绿树掩映的沿江公路。

（配乐响起：钢琴曲 *Love Theme*）（伴随着音乐和天佑的画外音）温迪脑海中不断叠现出无声的画面：温迪不顾一切扑在天佑的身上，挡住雨点般的拳打脚踢；温迪在床上表演功夫，不慎翻下床，天佑大笑；夜晚母子一起观看电影时表情的神同步；天佑弹琴、温迪看书的温暖画面；出外旅行，漂流在急流险滩时的尖叫画面……

一个女生的（画外音）：下面我为大家朗诵张天佑的获奖作品——《伞》。

平日里给了我无微不至关爱的是母亲，我心中，母亲是既脆弱又坚强的；坚强的是，她一人撑起这残碎的家，带着我，如同一只落伍的大雁，一只手庇护着我，一只手抵挡着过往的风风雨雨；脆弱的是，当面对不幸时却像个小孩儿一样哭泣，而站在一旁的我，常常有种无名的感受涌上心头，是什么呢？

只觉得酸酸的，酸得刚喝进嘴里的水，不知不觉又从眼角悄悄流下。

若我是海绵，那母亲就是水，当身上有缝隙时，水就会流进去，滋润心田。也只有这种爱，才能扶持我一步一步走上人生之路。

母爱如阳光给予我营养，挥洒在我身上。母爱又如歌声，时常带给我温暖，让我们风雨同行，欢乐相伴。

母爱，夏日替我遮阳，雨天为我挡雨，如一把普通的伞，将爱包裹在我的周围。

掌声……

淡出

切至

138. （外景）　　温迪的车　　公路

（俯拍）温迪的车行驶在蜿蜒的高架桥上。

切至

139.（外景，稍后）　茶庄门前　落日时分

（我们的视线）温迪将车停靠在茶庄门前的路边，她轻轻按了一下喇叭。
片刻后，婷婷提着给天佑准备的东西走出茶庄，她把东西放在后座上，身体从车窗探入，和温迪亲切地聊了一会儿。温迪开车离开，婷婷返回店中。

切至

140.（内外景）　轿车内　繁华的街道　黄昏

温迪漫无目的地游荡，一阵空虚袭来。

切至

141.（内景，稍后）　轿车内　酒吧街　黄昏时分

车里播放着悠扬而浪漫的歌曲：*Don't Know Much*。
（温迪的视线）透过挡风玻璃，她看到了熟悉的酒吧街上已有零星灯光在闪烁，城市已在蠢蠢欲动，夜生活已悄然拉开帷幕。
突然她似乎在寻找着什么，最后她驶向了这条街的尽头。

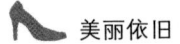 美丽依旧

在街尽头的拐弯处，（我们的视线）大片的绿地中赫然矗立着一个外形奇特的建筑，墙面上有一个巨大的手风琴图样，入口处画着手风琴的黑色琴键。

温迪停下车，穿过大片绿地进入这座建筑物中。

切至

142.（内景）　　酒吧内　傍晚

温迪进入酒吧后，径直走到一个可以清晰看到舞台上表演的位置，服务生紧随其后。

温迪欣赏着周围的环境。

服务生（微笑着）：女士您好！（停顿）您来过这里？

温迪：多年前来过。有什么好吃的吗？

服务生把手中的餐牌递给温迪。

温迪：来份黑椒牛扒，六成熟，一份水果沙拉。嗯，再来一个香蕉船吧。

服务生：好的。甜品最后上？

温迪：好的。（停顿）今晚是什么乐队演奏？

服务生：菲律宾乐队，听说他们以前在 Hard Rock Hotel BaLi 驻唱过。

温迪（惊喜地）：是吗？我曾经住过那个酒店，也看过驻唱乐队的演奏，很棒！

服务生：这么巧？

温迪：几点开始？

服务生：九点。

温迪：我来得太早了。

服务生（笑着）：您可以慢慢享用我们的美食。

温迪（含笑）：好的，谢谢。

原创电影文学作品

服务生离开，温迪把目光移向酒吧中心架起的高高的演唱台。

黑场

（画外音）Lady Gaga 的歌声逐渐变大……

闪回

渐显

切至

143.（内景）　温迪的家　傍晚

起居室里，电视里正在播放 Lady Gaga 的最新 MV。厨房里，温迪正在准备饭菜，她头戴浴帽，身穿红白两色相间的大围裙，一边炒菜，一边麻利地擦拭着锅台。她随着节拍边唱边夸张地扭动着腰肢，在音乐声中盛出了一盘菜端上餐桌。

墙上的挂钟显示 6:10（傍晚），她返身又进了厨房。

门铃声一遍又一遍地响着，但却被巨大的音乐声淹没。

稍后，温迪把一盆汤放在餐桌上时听到了重重的敲门声，温迪打开门。

天佑（拉着长音）：妈——你在干吗呢？敲了那么久都不开门。

沉重的书包从天佑的肩头滑落，直接砸在了地板上。

（我们的视线）天佑长得比温迪高出一个头，已是一个阳光帅气的大男孩。

温迪：你不是有家里的钥匙吗？为什么不自己开门？

天佑（嬉笑着）：上星期忘在家里了。

 美丽依旧

温迪假装生气地瞪着他。

天佑：我好饿！

温迪：再炒一个青菜就可以吃了，你先去洗手吧。

温迪进了厨房。

温迪（画外音）：帮妈妈把这盘鱼端过去。

天佑：OK。

天佑把鱼放在桌上，他将鼻子凑到那盘红烧鸡腿上。

温迪（画外音）：小心你的口水，别喷进盘子里，先过来陪妈妈聊聊天。

天佑（无奈地）：那我得先吃一个鸡腿，否则，哪里有劲儿陪您聊天。

温迪：聊天还有条件？那好吧。

天佑挑了一个最大的鸡腿，咬了一口，无限满足地吃着。他靠在厨房的门框上和温迪聊着天。

天佑：妈，这也太香了吧！

温迪：我又尝试了一个新的做法。

天佑：那我还得来一块。

温迪（无奈地看着他）：慢慢吃，那一盘都是你的，你真是一个食肉小动物。

天佑（调皮地）：妈，你不就想听听我在学校里的那点事儿吗？

温迪：那可不是小事儿啊，高三是关键的一年，你就别再出什么幺蛾子让老师找家长了。

天佑：妈，这周我已经把状态调整过来了，上课专心听讲，没有再打瞌睡，本周小测验数学差两分就满分，不信你去问班主任。

温迪：我问班主任不就是明摆着不相信我儿子吗？要把这种状态保持下去，你最大的问题就是聪明有余，踏实不足。

天佑明显感到不耐烦和一种很难以抑制的反感。

天佑（认真地）：妈，我不想再发表什么励志宣言了，但我会尽力。学校天天都在念紧箍咒，已经够烦的了。一个星期就盼着回家放松一下，听听音

乐，弹弹琴，打打篮球什么的。

温迪没有再说什么。

天佑：妈，我们的周末电影已经停了两个多月了，上星期我就发现你把新买的碟藏在柜子里了。

温迪：非常时期，怕你分心嘛。

天佑：今晚我想看电影，而且想看两部。

温迪想说什么，却又把话咽下了。

天佑看着她。

温迪：好吧。

天佑：那天我看到你买的碟是叫什么往事？

温迪：《美国往事》和《放牛班的春天》，这是两部非常棒的电影。

天佑：那我们今晚就看这两部好吗？

温迪：多欣赏经典的作品，你就不会像那些脑残粉一样盲目追星，浪费青春一无所获，而他们却赚得盆满钵满。

天佑：有比较才有鉴别，所以我不会。

温迪对他竖起了大拇指。

温迪：这就是为什么从小到大我让你阅读与欣赏经典的意义所在。

天佑从温迪手里接过一盘青菜放在桌上，母子俩边吃边聊着。

稍后——

天佑：妈，我想告诉你一件事，你看我做得对不对？

温迪：你说。

天佑：昨天下午课间休息时……

淡出

淡入

 美丽依旧

144.（内景）　　培雅中学高中部　教室内　日

　　下课铃声响了，天佑在整理课桌上的书籍，他的同桌阿杰起身。

　　阿杰：天佑，帮我看着手机，我肚子有点不舒服，去趟卫生间。

　　天佑：怪不得上课时老放臭屁。

　　阿杰：你不是也经常放，还好意思说我。

　　天佑：快去啦，再不去屎都要拉在裤子上了。

　　阿杰做了一个打他的手势，跑掉了。

　　天佑在练习册上写着什么，桌上阿杰的手机不停地发出滴滴的信息声。

　　天佑有点好奇，他拿起阿杰的手机，屏幕上显示：爸爸。

　　爸爸：儿子，下午拉完货老爸去学校接你，带你去吃你最喜欢吃的海鲜砂锅粥。

　　爸爸：我把车停在街对面的文具店门口。

　　爸爸：咱家那辆小破货车停在校门口会给你丢脸的（尴尬的表情包）。

　　爸爸：儿子？？？

　　爸爸：17:45等你，好吗？

　　爸爸：儿子看到信息，给老爸回个话儿。

　　天佑用目光搜寻着阿杰，这时上课铃声响了，天佑飞快地在阿杰的手机上打字，屏幕显示：谢谢老爸，我真的很想吃砂锅粥，你把车就停在学校门口，我一下课就出来。

　　他立刻收到阿杰爸爸的回复：一个感动到哭的表情包。

　　淡出

　　淡入

145.（内景）　温迪的家　夜

　　温迪：我认为你做得很对，那阿杰怎么看？
　　天佑：阿杰很感谢我，还请我吃了雪糕。他说他爸爸很疼他，为了让他上这所学费很高的学校，要打两份工，非常辛苦。
　　温迪（感叹）：唉！世风日下，情何以堪。
　　（停顿）温迪（像在自语）：我相信正义和真诚将会再次成为主流。

黑场

　　服务生（画外音）：女士，女士，您点的餐来了。
　　温迪：谢谢！

渐显

146.（内景）　酒吧内　傍晚

　　温迪在用餐，她若有所思……

　　　　　　　　　切至

147.（内景）　培雅中学高中部　高三3班　教室内　日

　　家长们围着一个四十七八岁戴着深度眼镜的男老师，他就是天佑的班主

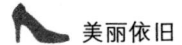 美丽依旧

任刘涛,一个非常优秀的数学教师。

家长们争先恐后、不失时机地提出关于自己孩子的各种问题,他都一一耐心解答。

当其他家长散去时,温迪上前和刘老师握手寒暄。

刘老师递给温迪一份名单。

刘老师(指着名单):这是各科补习老师的电话,他们都是非常有经验的老师,尤其在应对高考方面。(停顿)天佑最近的成绩很不稳定,等家长会结束后,请您留一下,我和您谈谈张天佑的事。

温迪:好的,谢谢您!

切至

148. (外景)　教室外走廊　日

温迪和刘老师站在教室外的走廊上交谈。

刘老师:以前在我的数学课上他思维活跃,可以和我同步互动。(停顿)最近他经常走神儿,注意力不集中。在青春躁动期,你要多关心一下他的心理变化。如果他能恢复到上个学期的状态,考个好大学对他来说不成问题。

温迪:您觉着天佑的变化是什么原因造成的?

刘老师(含蓄地):我知道您一个人带他很不容易,尤其是青春萌动的叛逆期,(停顿)也许单亲家庭的孩子会早熟一点。

温迪品着这话。(镜头对准走廊尽头天佑伸出来的脑袋)

温迪:您是说早恋?

刘老师:虽不能确定,但您要留心一点,高三谈恋爱可不是一个好时机。

温迪的心陡然下沉。

温迪：好的，谢谢您的提醒。

刘老师：天佑是个善良的好孩子，我们一起努力，确保让孩子考上一个理想的学校，因为他是一个心高气傲的孩子。

温迪：谢谢您，我等一下找他谈谈。

刘老师：要注意方式方法。

      切至

149.（外景）　校园内　日

温迪在校园内寻找着天佑，却不见他的踪影。失望中温迪朝大门走去。（镜头仰拍）天佑从五层高的宿舍窗户内看着温迪走出学校大门。

      切至

几天后——

150.（内景）　温迪的家　套房内　傍晚

温迪在厨房洗碗。

天佑：妈，我去打会儿篮球，回来就写作业。

还没等温迪回应，他已出了门。

温迪从天佑拉回的箱子里中取出被套、床单和一些衣物，放进洗衣机清洗。

 美丽依旧

切至

151.（内景，稍后）　温迪的家　书房　夜

温迪在收拾天佑书桌上的杂物和喝剩的奶茶杯。电脑屏幕上在线 QQ 不断有人发送信息，她迟疑了一下点开联系人，屏幕上显示一个女孩子的头像。

留言：天佑，今晚我和爸爸去参加晚宴，好开心耶，顺便还为你拍了几张照片，现在发给你啦！（各种表情包）

（镜头对准电脑屏幕）电脑屏幕上出现一组照片：一个俗气的女孩儿，涂着鲜艳的口红，拿着一杯红酒，嘟嘟着嘴，挤眉弄眼。照片留言：我不乖乖，但我很特别。（表情包）另外一组照片闪现：（显然是在别人豪车前的）各种摆拍。

温迪眼神中流露出不屑和不可抑制的反感，她坐在椅子里茫然不知所措。

切至

152.（内景，晚些时候）　温迪的家　夜

温迪坐在起居室的沙发里，想着应对的各种方案，这显然不是一件轻松的事。

天佑从浴室出来，显得神清气爽。

天佑：妈，你不舒服吗？

温迪：感觉有点儿累。

天佑：那你早点儿休息，我去做作业了。

原创电影文学作品

温迪：我觉得你总是在想方设法回避谈论你的事儿。

天佑：我又有什么事儿了？

温迪：家长会结束后，你知道我会找你谈话，所以你溜得比兔子还快。

天佑（有点尴尬）：嘿嘿。

温迪递给天佑补课老师的名单。

温迪：班主任说这对你有帮助。

天佑（看了一下）：我不需要这个，从小到大我从没让你花钱为我请过家教。

温迪：这的确是事实，但现在的情况有所不同，你的成绩在持续下滑，所以我们需要面对现实，解决问题。

天佑：妈，给我一点时间，我会很快赶上的。

温迪：你不止一次保证但你没有做到，这不是你的风格，我想知道，为什么？

天佑沉默。

温迪：我的脉搏随着你的成绩上蹿下跳。儿子，我们都无法脱离我们生存的现实环境而独立存在，所以我们要解决问题，问题到底出在哪儿，让你如此心神不定，无法静心学习？

天佑（叛逆情绪）：妈，不要想试图了解我的一切，我需要空间和对隐私的尊重。

温迪（单刀直入）：是关于那个女孩吗？

天佑（惊讶地）：您是怎么知道的？

温迪：仅仅在你打篮球这工夫就发送了无数张照片，我在想，今晚你还有心思和时间学习吗？

天佑：妈，你怎么能这样做，偷看人家的隐私，太过分了！

温迪：你的时间都用在这儿了？

天佑：我们做错了什么？！只是聊聊天，说说心里话。

温迪：这就是问题所在。

天佑：我们也有属于我们这代人的共同话题，我们会有迷茫、压力和焦虑，而你关注的仅仅是我的成绩单。

温迪：这不是一个对与错的问题，是时间不对。记得那天家长会老师讲到你们年级的超级学霸张涛了吗？他和那个女孩儿就是从聊天开始的，他把自己辉煌的成绩单聊到全年级倒数第三，把正数聊成了负数，后来怎么样呢？女朋友和他分手，他得了抑郁症，连高考都不能参加，毁了自己的前程还顺便伤害了疼爱他的家人。这已经成为你们学校的典型案例了。

（停顿）天佑：妈，你认为我会像他那样傻吗？

温迪：儿子，这不是傻和聪明的问题，是不知不觉深陷其中无力自拔的问题。我相信如果张涛事先知道是这样的结果，他也断然不会那样去做。你想想，在这一场早恋的闹剧中，他收获了什么？是爱情吗？

天佑沉默不语。

温迪：生活远比电影困难得多，如果你考不上一个好大学，你会比我更承受不了这一结果，我了解你。所以你记住，当你的经验不足以让你做出正确的选择时，那就让我来决定。

天佑陷入沉思。

温迪：并且我认为，你显然对这样一个爱慕虚荣的女孩了解甚少，而你又是一个重情重义的孩子，这就更加令我不安。

天佑：妈，你怎么能对一个你不认识甚至连面都没有见过的女孩，做出这样不负责任的评价呢？

温迪：那些照片就足够了，（停顿）她不是那种肯花心思在学习上的人，所以你才会分心。

天佑（吃惊被她猜中）：如果我鼓励和帮助她，她就会加倍努力，她很聪明，也很特别。

温迪：看得出来，她身上的那种来自家庭环境的媚俗气息，对你来说真的很特别。（停顿）因为你不熟悉那种气味，所以你很好奇。

原创电影文学作品

天佑（感到愤怒、难堪）：妈，你今天怎么突然变得这么尖刻，甚至不可理喻。那你不也就是个卖茶叶的吗？

此话一出，空气仿佛骤然凝固，然后又渐渐化为冰冷的死寂。

温迪被深深刺痛了，极度的愤怒使她微微颤抖。

天佑（意识到自己失言）：妈，我不是那个意思。

温迪（强压怒火）：我认为最不应该说这种话的就是你。我的才华足以让我拥有更体面的生活，但我把你看得比展示自己的才华重要得多。任何事情上我做出的选择，首先考虑的都是你。

天佑（哭了）：妈，我错了，我向你道歉，我只是一时生气，现在我收回那句话。

温迪：你先去做作业吧。

天佑：那你要保证不生气，学习成绩方面我会用事实证明给你看。

温迪轻轻点了一下头。天佑走进了书房，温迪陷入沉思……

化入

化出

153. （内景）　温迪的办公室　日

温迪正在通电话。

温迪：我想也许我们不合适。

情人（画外音）：可我认为我们一直相处得很好，到底发生了什么事儿？

温迪：我熟悉你的身体，却不熟悉你的心。

情人（画外音）：我很遗憾，但我还是不明白。

温迪：有的时候我甚至觉得，我们是一对熟悉的陌生人。这违反了我对

 美丽依旧

爱情的初衷。

  情人（画外音）：宝贝儿，你太理想主义了。

  温迪：我也这么认为，所以这是我的问题。你只是做了你该做的事。

  情人（画外音）：难道我们一点希望都没有了吗？

  温迪：我想没有了。

  情人（画外音）：为什么你这么冷酷？

  温迪：因为我已经做不到像从前那样爱你，从你离开我的那个冷雨夜……

  化出

  化入

154.（内景） 温迪的家 夜

  温迪坐在沙发上深深地吸了一口气。

切至

  当下——

155.（内景） 酒吧内 夜

  摇滚乐队主唱狂野嘶吼的歌声，像匹脱缰的野马自由驰骋，散发着蛊惑人心的魅力。他点燃了人们渴望燃烧的细胞，释放着澎湃的激情。舞池中人们的脸上闪耀着梦幻般令人炫目的流光溢彩……温迪走进舞池。

  闪回

原创电影文学作品

切至

156.（内景）　温迪的茶庄　傍晚

温迪将最后一批客人送至门口，她和其中的一位女士寒暄了几句。

温迪：那道茶先让你老妈试一下，如果喜欢，我会多送一些给她喝。

女士：老板娘太客气了，谢谢！过两天我专门带她来你店里品茶。

温迪站在门口，与他们挥手告别后转身进店。

温迪：婷婷，给我倒杯茶，口水都快说干了。

婷婷：今晚早点睡吧。

温迪：这两天太累了。

婷婷：没办法，这些客户都要找你，我拦都拦不住。（停顿）温总，你的车修好了吗？

温迪：还没呢，他们说明天才能搞好。

婷婷：我看下午房东又来找你。

温迪：是啊，看我们生意好就来谈涨租金的事儿，我们快变成给他们打工了，一群贪得无厌的人。

婷婷：简直是得寸进尺。

温迪：她还说有钱大家赚，呵呵。

婷婷：这是趁火打劫，抢钱的节奏。

温迪：所以我们还要继续努力呀。

婷婷：温总，我叫了餐，你吃完再走吧。

温迪：一口都不想吃了，回家洗洗睡了。

她们俩喝着茶，手机发出滴滴的响声，屏幕显示：班主任刘老师。温迪

· 137 ·

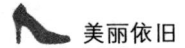 美丽依旧

顿时紧张起来。

温迪（热情地）：刘老师您好！

温迪边讲电话边往楼上走。

班主任：您好！不好意思，这么晚打扰您。

温迪：没关系。

班主任：张天佑今天有和您联系吗？

温迪：没有啊，出什么事儿了？

班主任：张天佑今天下午就没来上课，现在已经是晚自习时间，我已经多次派班干部去找，但到现在还没有找到他。

温迪：学校是封闭式的管理，他能去哪儿呢？

班主任：我想请您来一趟学校。

温迪：现在？

班主任：是的，这个情况比较严重，出了事谁都负不起责任，我还没有向校领导汇报，您知道，无故旷课是要受处分的。

温迪：您先别向校领导汇报，我现在马上出发，估计到学校需要一个半小时。

班主任：好的，我等您，我会让班干部继续去找。

温迪：谢谢您了！

切至

157.（外景）　培雅中学　校园　夜

温迪行色匆匆，穿过空旷、寂静、昏暗的校园，朝着灯火通明的教学大楼走去，她越走越快，不由得跑了起来。

原创电影文学作品

切至

158.（内景）　　高中部班主任办公室　　夜

（我们的视线）班主任正在给班干部谈话。

班长：我们又去宿舍找了一遍，我还跑去问了门房，他们说没有看到他出来。

班主任：再想想，他还能去哪儿呢？

温迪推门进来，喘着粗气。

温迪：刘老师！

班主任：您好，您先休息一下，我给您倒杯水。

温迪：谢谢您，不用了。还没有找到吗？

班主任摇了摇头。

下课铃响了，传来同学们的说笑声。

温迪：这孩子太不让人省心了！

（镜头对准趴在窗户上向里张望的同学们，他们议论着）

班主任：他会不会是……

话音未落，办公室的门打开了，学习委员带着天佑走了进来。

温迪"腾"的一声从椅子上站起来，冲着天佑——

温迪（几近崩溃，吼道）：你去哪儿了？

天佑（木然地）：我去弹琴了。

温迪（怒不可遏地）：你去弹琴？大家从下午找到现在，你说你去弹琴了？

温迪冲到天佑面前跳起来，给了天佑重重的一记耳光。大家都被她的这一举动惊呆了。

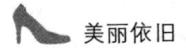

温迪像发疯似的抓住天佑。

班主任上前拉住了温迪。天佑看到窗户上趴满观看的同学们，他转身跑出了办公室。

班主任（冲着班长）：快去把他追回来！

两个班干部追了出去。

温迪在哭泣，办公室里笼罩着死一般的寂静。

一阵沉默，温迪慢慢抬起头，用溢满恳求的目光看着班主任。

温迪：刘老师，我想求您一件事儿。

班主任：您请讲。

温迪：请不要把天佑的事汇报校领导，作为一个单亲母亲，我请求您给孩子一个改正的机会，您知道他不是一个坏孩子……

温迪难过得说不下去了……

班主任：您别难过，我答应您，明天我会找他好好谈谈。

切至

159.（外景）　　校园内　夜

温迪拖着疲惫的身躯向校门口走去。

（简短的特写）站在大树后面的天佑，看着虚弱的母亲走出校门被黑暗吞噬……他哭了。

切至

160.（外景）　校门外　街道　夜

温迪在校门口打了一辆摩托车，消失在空无一人的街道尽头。

切至

161.（内景）　地铁里　夜

温迪顺着扶手电梯向下飞奔，跳进了最后一班车里，几乎在跳入的一刹那，车门在她的身后关闭。

温迪坐在空无一人的车厢里。长长的车厢像水蛇般摇摆着，温迪压抑已久的委屈和悲哀，被彻底摇垮了……

（伤感的音乐低声响起）温迪开始哭泣，渐渐地她的泪水一泻千里。

稍后，温迪收到来自天佑的信息。

天佑（画外音）：妈，对不起！我不怪你打我，是我的错。但我想让你知道我不是去找那个女孩子，我只是今天特别想弹琴。近来我感到压抑得有点儿喘不过气，我似乎总是在为了完成别人的指标而活着，我感到迷茫，只是想在音乐中呼吸一点自由的空气，放飞自我，像一只冲出笼子的鸟，自由地在天空飞翔。但我却忘记了时间。妈，我很想做你的好儿子，但我却总做错事，看到你的背影消失在黑暗中我感到很内疚。妈，对不起！

（特写镜头）温迪脸上写满了哀伤，像虚脱一般。

温迪（凄然地回复）：儿子，对不起，我也一直努力想成为一个好母亲，一个能教会你拥有梦想的人，但我也会像今晚这样做错事。对不起！请原谅妈妈。

切至

162.（内景）　酒吧内　夜

温迪踩着强劲的节拍，跳着奔放的舞，宣泄着真实的情感。她屏蔽了周围的一切，沉浸在自己的世界里。

黑场

天佑（画外音）：妈，我想出国留学。

温迪（画外音）：出国？

天佑（画外音）：我已经想好了。

温迪（画外音）：可是你还太小，我不放心。

天佑（画外音）：妈，我不能永远在你的保护下生活。

渐显

摇滚音乐响起。

（我们的视线）温迪躲闪着穿过尽情欢跳的人们，向大门口走去，这时一个帅气的男人邀请她喝两杯，态度看上去有点暧昧，被温迪婉拒了。

夜已深，此刻她似乎没兴趣玩这些。

切至

163.（外景）　酒吧外　雨夜

温迪走出酒吧，义无反顾地冲进暴雨中，穿过空地，朝自己的轿车跑去。

温迪（画外音）：但你还不满 18 岁。

天佑（画外音）：我想用半年时间准备托福考试，如能顺利通过，出国时就刚满 18 岁。

温迪（画外音）：看来你已经深思熟虑过。

天佑（画外音）：我想了很久，只是犹豫这样会给你带来很大的经济压力。

温迪（画外音）：对我来说，这的确是一场冒险之旅。

天佑（画外音）：我想挑战自己。妈，你一直是我的精神支柱，我从来没有像今天这样渴望得到你的支持。

温迪钻进轿车。

切至

164.（内景，稍后）　街道　轿车内　雨夜

（镜头拍摄车内）温迪擦拭着被雨水浇湿的头发，万籁俱寂，唯有挡风玻璃上的雨刷，发出有节奏的咔咔声。

温迪播放音乐：Hiromi 的钢琴曲。

 美丽依旧

汽车行驶在清冷的街道上,冷雨夜,她不想归家。

闪回

四年前——

165.(内景) 温迪的家 套房内 日

(镜头对准客厅里摆放的两个大旅行箱和一个双肩背包)

温迪认真地检查着天佑的各种证件:健康证明、Offer、寄宿家庭线路图、护照等。

温迪:儿子,刚才让你再检查一遍箱子里的东西,那些都是缺一不可的。

天佑:妈,我都检查过了。

屋内的气氛有点儿压抑,两人似乎都在有意回避着对方的目光,天佑走进了自己的书房,他们都无法承受分别。

温迪(冲着书房):儿子,妈妈把所有过关时需要的证件都放在你双肩包的内袋里,拿起来方便,你要记着。

天佑(画外音):好的,我记住了。

温迪把证件放进双肩包里,却从里边摸索出几张照片。

(简短的特写)温迪认出这些照片中的女孩,就是QQ中的那位,她迟疑了一下,又朝天佑的房间看了看,之后迅速地把这些照片压在了沙发下面,然后将证件放入内袋。

温迪:儿子,都给你整理好了。你准备一下,15分钟后出门。

天佑没有应答,屋内寂静无声。

片刻后,书房内传出轻柔的琴声——肖邦的夜曲,温迪定格在原地。

稍后,她循着琴声,走入那间海蓝色的书房,像往常那样站在儿子身后,

静静地倾听着这首延绵无尽的爱的乐曲……

（简短的特写慢镜头）晶莹通透的泪珠，一滴一滴洒落在琴键上，溅起细碎的浪花……

温迪将手放在天佑的肩头轻轻地按了一下，温迪俯身用脸紧贴着天佑的脸，像小时候那样蹭了两下……

母子俩紧紧相拥，难舍难分。

淡出

当下——

渐显

166.（外景）　温迪的轿车　街道　雨夜

（俯拍）温迪的车渐行渐远，在画面中越来越小，消失在街道尽头。

切至

167.（内景）　旧金山　超市　黄昏

天佑排队等候结账，购物车内放满了为温迪准备的日用品：浴巾、拖鞋、洗漱用品等。

美丽依旧

切至

168.（內外景，稍后）　金门大桥　轿车　海边　傍晚

汽车行驶在金门大桥上。

天佑播放着温迪的语音留言：你要的东西老妈都准备好了，还会有惊喜带给你。哈哈哈，总之就是感觉时间过得好慢。

天佑笑了，他打开音响播放出詹姆斯·布朗特的歌 You Are Beautiful。

汽车驶下副桥，沿着海边继续前行至一片街灯昏暗略显落寞的街区。

减速停车。

天佑从车里出来向海边走去。

稍后，他坐在一块礁石上。

（天佑的主观视线）天佑（画外音）：我曾住过这片街区，无论失落、委屈和快乐，我都喜欢静静地坐在这一块礁石上，思念着远方的亲人……

我喜欢从这个角度去看这座亦正亦邪的城市，眼前这座古老而举世闻名的大桥，仿佛连接起了繁华与落寞。

对岸林立的高楼中闪烁的万家灯火，似繁星般耀眼。它们像海市蜃楼，悬浮于天水之间的一抹云雾之中，亦真亦幻，如同我小时候看过的那些美国电影，所不同的是生活远比电影困难得多……

化出

闪回

四年前——

化入

169.（内景）　机舱内　洛杉矶　夜

乘务员（画外音）：飞机马上就要降落了，请大家系好安全带……
天佑既兴奋又忐忑地透过舷窗看着下面这座陌生的城市。

切至

170.（内外景）　机场走廊　大门外　夜

天佑拉着行李箱朝大门方向走去，边走边看着手中线路图指示的方向。走出机场门外，他终于看到了前方路边停靠的一辆蓝红二色的中巴车。

他疾步上前向司机报了自己的姓名，司机示意他马上上车。

天佑的屁股刚挨到座位上，车就开了，他惊了一身冷汗，幸亏及时赶到了。

切至

171.（内外景）　巴士车内　街道　夜

车内座无虚席，寂静无声，天佑观察到所有的乘客中只有自己是华人。

 美丽依旧

窗外街灯昏暗,沿路不同的站点陆续都有人下车。

当巴士驶入一片更加昏暗的街区时,就只剩下他一个人了。

他有点儿害怕,开始警觉起来。

这时巴士向右拐,在一栋白色的二层小楼前停下。

司机:张天佑,你可以下车了。

他刚把行李拿下,车便开走了。天佑环顾四周,这时他看见从白色小楼里走出一个高大健硕约40岁的白人男子。

男子(热情地与天佑握手):认识你很高兴,我叫约翰尼,欢迎你!

天佑用不太流利的英语与他交谈,并跟随其走进屋内。

切至

172.(内外景,片刻后)　　约翰尼的家　夜

(我们的视线)天佑拖着两个大旅行箱进入房间,客厅不大,略显凌乱,左边是一个开放式的厨房,餐桌上摆放着一些孩子们的食品,整体感觉有点陈旧,这和他想象中的洋房有点距离。在靠近窗户的角落处摆放着一架三角钢琴,这让他多少有点安慰。约翰尼滔滔不绝地介绍着,语速飞快,天佑似懂非懂,不时点点头,做出一副他什么都听得懂的表情。

约翰尼:我很抱歉,浴室在二楼,现在我的太太和孩子们都睡了,恐怕明天你才能洗澡。

天佑:没有问题。

约翰尼:好吧,那现在我带你去你的房间。

天佑拉起箱子,朝二楼方向走去,但却发现约翰尼转身出了大门,他赶紧尾随其后。

原创电影文学作品

约翰尼走出大门向右拐,进入车库。天佑有点儿纳闷,随之他发现车库内有一个狭窄低矮的楼梯。

约翰尼:我帮你拿箱子。

天佑:谢谢!

天佑拖着箱子上了阁楼,约翰尼推开一扇半掩的门,把箱子放进了屋内。

约翰尼:这是你的房间,时间不早了,你先休息。明天早饭时间7点半,晚安!

他随手关门时,发现门锁是坏的,他反复试了几下后,耸了耸肩。

约翰尼:我很抱歉,不过这里很安全,请放心,我会找人来修好它。晚安!

这间不足10平方米的房间只有一个小窗户,屋顶倾斜,空间狭小,天佑不免有点失望。

但这一切很快被好奇和兴奋掩盖了,他想,不管怎样,这是一个完全自由的空间,将开始的新生活令他睡意全无。他趴在窗上向外张望,除了冷清的街道,昏暗的街灯,并没有看到令他惊喜的东西。

他打开旅行箱,将自己和妈妈的合影相框摆放在书桌上,另外还将课本、书籍、钢琴谱,以及报名所需的资料井然有序地一一摆放好。

突然他想起了什么,从双肩包的内袋里翻找着……

他沮丧地坐在床上。

天佑(画外音):肯定是老妈干的!

稍后他躺在床上,看着低矮倾斜的天花板,一阵困意袭来。渐渐地,他再也无力支撑沉重的眼皮,昏昏睡去。

切至

次日——

173.（内景）　　天佑的房间　　日

　　天佑被楼下院子里的嘈杂声吵醒，他睡眼惺忪，一时发蒙，半天才反应过来，自己已经是在美国了。

　　他一跃而起，头重重地碰在了天花板上。

　　天佑（疼痛地）：Oh, shit！

　　他揉了揉头，慢慢起身，来到窗前。

　　（天佑的视线）院子里一个看上去约30岁、皮肤呈棕黑色、低矮臃肿的女人进入了他的视线，她怀抱着一个三岁左右的小女孩，提着一大袋衣物朝汽车走去，边走边回头喊。

　　她就是这家的女主人丽萨。

　　丽萨：查理，快一点，要迟到了！我的上帝呀，为什么你总是磨磨蹭蹭！

　　约翰尼坐在驾驶位上等待。

　　天佑（自语）：哇哦，好猛啊！

　　这时一个六七岁的小男孩，背着双肩书包飞奔出来，他把书包扔进车内，关门。汽车驶出天佑的视线。

切至

174.（内景）　　约翰尼的家　　浴室　　日

　　天佑站在花洒下哼唱着，想起自己即将开始新的生活，放飞的自由感使他无比兴奋。

切至

175.（内景）　厨房　日

天佑打开冰箱寻找食物，他自制了一个三明治，又喝了一杯牛奶。

切至

176.（外景）　社区　街道　日

加州的阳光、湛蓝的天空和没有高楼大厦阻碍的辽阔视野，让天佑兴奋不已，他脚下像踩了风一般在街道上跳跃。

（配乐响起：《不常仰望，何以飞翔》）

切至

177.（外景）　社区篮球场　日

天佑已加入了由白人和黑人孩子们组成的球队，一试身手。

切至

178.（外景）　约翰尼的家门外　街道　黄昏时分

天佑看到丽萨正在厨房准备晚餐，他飞快地朝他住的小阁楼跑去。

179.（内景）　约翰尼的家　厨房　黄昏时分

（我们的视线）丽萨正将滚烫的意大利面滤水，两个孩子在地上摆玩着积木，约翰尼在忙着清理餐桌上的杂物，他将餐具一一摆放在餐桌上。

约翰尼从丽萨手中接过一盆肉酱汁端上餐桌。

又返身去拿蔬菜沙拉时，他轻轻地在丽萨的脖子上吻了一下，丽萨没有任何反应。

约翰尼：看上去真的很棒！

丽萨（大声地）：查理，带妹妹去洗手。

天佑推门进来，他换了一身整洁的衣服，手里提着一袋礼品茶。

约翰尼：你好，昨晚睡得好吗？

天佑：还不错。

约翰尼：介绍一下，这是我的太太丽萨，来自菲律宾。

天佑（礼貌而不失热情地）：您好，太太。

丽萨：认识你很高兴，欢迎你。

天佑（不失时机地）：这是我妈妈让我带给你们的一份小礼物，中国茶。

约翰尼：哇哦，太好了，谢谢你！中国茶很出名。

丽萨：谢谢你妈妈，我们很喜欢喝中国茶。

这时两个小孩洗手回来。

约翰尼：这是查理。

天佑（和查理握手）：你好。

约翰尼：这是我的小公主爱丽丝。

天佑（弯下腰）：你好。

约翰尼：OK，现在可以吃饭了。

天佑饥肠辘辘，他看到桌子上的饭菜，真想大吃一顿。

天佑刚要就座。

查理：这是我的位置。

天佑：对不起。

丽萨：这是你的位置。

天佑：谢谢！

他刚要动手盛面，却发现他们在做饭前祷告。

稍后，大家各自盛上自己所需的食物，静静地吃着。

天佑给自己盛了满满的一大盘意大利粉，浇上很多的肉酱汁，搅拌后大口地吃着，并发出声响。

其他人相互交换着惊异的眼神。

丽萨（难掩嫌弃的神情）：对不起，打扰一下，吃饭时最好不要发出声音，这是不礼貌的。

天佑咽下一口面，由于太急打了一个嗝。

天佑（尴尬地）：对不起！

两个小孩儿偷笑着看他。

丽萨：请问你什么时候上学？

天佑：我明天去学校。

丽萨：OK。请记住，早餐时间6点半，中餐11点半，晚餐6点半。请准时。另外请记住，每个月的29号前预付下个月的房租。过期我会收取滞纳

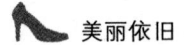 美丽依旧

金。另外要保持清洁,损坏东西是要赔偿的。

　　天佑:知道了。

　　他们静静地用餐。他似乎已感觉没有了食欲,味同嚼蜡。

切至

180.(内景)　　天佑的房间　　夜

　　天佑坐在书桌前,整理明天报名用的资料并把它们放入双肩包内。
　　他躺在床上给温迪发信息。
　　天佑(画外音):老妈,你是不是很想我呀?(可爱表情包)这里一切都很好,请放心。明天去学校报到要早起,先睡了,我会在学校拍几张照片发给你,不要太想我哦。

切至

181.(外景)　　街道　　公交车站　　清晨

　　天佑不时地看着表,焦急地等待着。

切至

182.(外景)　　洛杉矶某高校　　日

　　(我们的视线)在空旷的校园内,天佑急匆匆地小跑,无心欣赏优美的校

原创电影文学作品

园风光。他环顾四周,想找人问路,但偌大的校园竟空无一人。

稍后,一辆宝马车从他身边驶过,在前方约100米处停下,从车里走出一名与天佑年龄相仿的中国留学生。

一阵狂喜,天佑脚下生风似的向那位男生跑去。

天佑:你好!

男生(打量着天佑):你是在叫我吗?

天佑(展现诚恳的笑容):是的,不好意思打扰一下。

男生:哦,没关系。

天佑:我是刚从国内来的新生,今天来报到,但找不到报名处。

男生:那你真走运,我也去那儿,一起走吧。

天佑:谢谢,我叫张天佑,从广州来的。

男生:名字不错。

天佑:什么?

男生:我是说你的名字起得不错。

天佑:哦,是我姥姥起的,她是文学教授。她告诉我说,人有善念,天必佑之,所以我很喜欢这个名字。

男生:所以你很走运。

天佑:你叫什么名字?

男生(略显尴尬):你就叫我阿杰吧,大家都这么叫我,我从温州来。

天佑:真巧。

阿杰:什么?

天佑:我以前的同桌也叫阿杰,我们是很好的朋友。

阿杰:是吗?

天佑:是的。你上大几?

阿杰:我在读语言,这次和你一起参加入学考试,如果通过就可以读大一了。

天佑:哦,我是在国内收到的录取通知书,不过也要参加入学考试。

 美丽依旧

（广角镜头）他俩边走边聊，像是相熟已久的朋友。

他们穿过大片绿地，朝着一幢颇具规模的教学楼走去。

画面中他们的身影越来越小。

天佑（画外音）：来之前不知道洛杉矶竟然没地铁，公交车也少得可怜，而且还不准时，早上等了一个多小时。

阿杰（画外音）：啊？你怎么住那么远？

天佑（画外音）：出国前委托专业机构帮我找了个寄宿家庭。

阿杰（画外音）：在洛杉矶，没车寸步难行。

切至

183.（内景）　约翰尼的家　傍晚

昏暗的房间里只亮了一盏小灯，空无一人。

天佑开门进入，感到又饿又累，在厨房里没有看到晚餐，他打开冰箱，里面只有两片面包，半桶牛奶。

天佑拿起半桶牛奶，一口气灌进了肚里。当他拿起两片面包时，一股难以抑制的愤怒使他随手将它们扔进了垃圾桶。

天佑：Shit！

切至

184.（内景）　约翰尼家门外　街道　深夜

小阁楼上的灯光依然明亮，窗户上映照着天佑挑灯夜读的身影。

切至

185.（内景）　　学校图书馆内　日

　　天佑将帽檐儿压得很低，神情尴尬，正埋头做数学练习题。
　　天佑（画外音）：妈，早上差点迟到，惊魂未定，图书馆内把持不住放了一个屁，惹来众人眼光，戴上帽子继续学习，哈哈哈哈。
　　温迪（画外音）：把人都丢到美国去了？（尴尬的表情包）

切至

186.（内外景）　　街道　约翰尼家门外　黄昏

　　阿杰开车送天佑回家，他看了看表。
　　阿杰：今天你可以赶上吃晚饭了。
　　天佑：那个菲律宾肥婆说，中餐不吃也不退钱，这么远我怎么回来吃？
　　阿杰（气愤地）：我×，她他妈的钱真好赚，晚餐来晚也没的吃。
　　天佑：真倒霉碰上这么一家人。（停顿）我现在已经顾不上那么多了，先把入学考试搞定再说。
　　阿杰（突然神情沮丧）：我爸说如果这次我还考不过，就让我回国去他公司打工。
　　天佑：那你怎么想？
　　阿杰：我才不想回去呢，太烦了。

天佑：为什么？

阿杰：我们家的成员在持续增长。

天佑：我一直都和妈妈生活在一起，家里很安静。

阿杰：你知道你省了多少事儿吗？

天佑：你不就一个妹妹吗？一家四口多好啊。

阿杰：总之一想到回家我就不痛快。

天佑惊疑地看着他，阿杰回看天佑。

阿杰：我可没有总在打听你家的事儿。

天佑：我也没打听你的。

阿杰：但看你的样子好像要刨根问底。

天佑：没有，只是觉着你家里的事很神秘。

阿杰：我喜欢这种神秘感。

天佑：既然你不想回国，那就别玩儿了，抓紧时间复习吧。

阿杰（烦躁地）：我他妈的就是搞不定那该死的数学，上次只差一点就过了。（他看着天佑）你看上去好像胜券在握，有时我真觉得你很牛逼。

天佑（得意地）：数学是我的强项，有不懂的地方尽管请教我啊。还有十多天的时间，你可以和我一起在图书馆学习，我会教你的。

阿杰仿佛看到了曙光：一言为定，我可以每天送你回家。

车已开到约翰尼家门口。

阿杰：你看，他们把饭已经端到桌子上了。

天佑：那我要去吃饭了。

阿杰目送天佑进入约翰尼的家。

切至

几日后——

187.（内景）　天佑的房间　日

（我们的视线）阳光透过小窗射进屋内，一片宁静。天佑翻了个身，揉了揉眼睛，墙上的挂钟显示10:35（上午），他满足地伸了伸懒腰，拿起手机。

温迪（温暖的画外音）：儿子，收到你发来的照片了，状态还不错，就是看上去瘦了好多，是不是吃不习惯？但是不管好坏，你要吃饱啊。另外就是安全问题，人多的地方少去凑热闹，昨天看新闻洛杉矶又发生枪击案了，真让人心惊肉跳。知道你在备考，所以就没有打扰你，但是无论多忙都要在微信里冒个泡，一个表情也好，这样老妈就放心了。

天佑回复（画外音）：没问题，一切都很好，您就放心吧。

天佑打开下一条。

女朋友（画外音）：哇哦，你打篮球的样子真的好酷耶！Miss you every time!（心的表情包）你想我吗？说好的每天都要视频的，为什么好几天都没你的消息？也不及时回我的微信。（发怒表情包）我想参加完高考就去美国看你好吗？

天佑一时不置可否，他没有回复。

这时又来了一条新信息。

阿杰（画外音）：嗨，天佑，明天有几个朋友约我去环球影城，一起去吧！多交点朋友对你有好处，正好明天是星期天，放松一下吧。这两天你给我的练习题都快把我做疯了。OK，明天早上8点半我去接你。

天佑眼前一亮，当即回复：OK。

他兴奋地一跃而起，又撞到了头：Oh, shit!

切至

188.（外景）　环球影城入口处　日

　　阿杰站在一块空地上等他的朋友。天佑则陶醉在兴奋与快乐中，他的心情像蔚蓝的天空般清澈而明媚。

　　男生（画外音）：阿杰，来这么早啊！

　　阿杰：我也刚到。

　　（天佑的视线）一个染着金色头发留着超酷头型的男生，从后面抱住了阿杰，足显他们关系的亲密。

　　男生（自豪地）：来，介绍一下，这是我女朋友，朱倩。

　　阿杰一脸吃惊，眼神流露出疑问：怎么是她？

　　男生：阿杰，我女朋友的确是女神，但你也不能用这种眼神儿啊！

　　阿杰：你好。

　　朱倩：你好。

　　这女孩儿着装十分大胆，身材火辣，红唇烈焰，走在街上回头率百分之百。

　　男生：你最近很神秘啊，是不是有女朋友了？

　　阿杰：我哪有你那么爽啊，复习备考呢。

　　男生（吃惊地）：这不像你的风格啊！

　　阿杰（冲着天佑）：天佑，你过来我给你介绍一下，这是我大哥。

　　天佑：你好。

　　阿杰：你就叫他超哥吧。

　　天佑：超哥你好！

　　阿杰：这是我的新朋友，我的数学老师，小学霸张天佑。

原创电影文学作品

阿超（打量了一下天佑）：你好！

他拍了拍天佑的肩膀，指着他的双肩书包。

阿杰：这包我初中时背过。

阿杰略显尴尬，天佑一脸莫名。

稍后，陆陆续续又来了两对穿情侣装的学生，他们有说有笑，阿杰给他们一一介绍了天佑，之后便一起进入影城。

切至

189.（外景，晚些时候）　环球影城汉堡店外　落日时分

大家围坐在一个圆形的餐桌前，兴奋地聊着。

朱倩（对着阿超，埋怨地）：脚疼得要命，都磨出水泡了。

阿超：那我去车里给你拿双平底鞋。

朱倩：那鞋和这身衣服不配呀！（烦躁地）不用了，反正吃完就回去了。

阿超：再坚持一下。（停顿）哎，大家听好了，我宣布一个消息，下个周末是我女朋友生日，我已经在温斯顿酒店订了房，到时开个 Party 热闹一下，大家都来啊，一个都不能少。

阿杰（压低嗓音对着身边的天佑）：阿超他爸是商会主席，家里超级有钱，去年他爸就一口气就在洛杉矶买了三幢别墅，一幢给阿超住，两幢出租。

天佑：阿超在哪个学校读书？

阿杰：读书他就不行了，考了三次 College 都没考上，现在就吃喝玩乐喽，反正他家有的是钱。

天佑（暗自吃惊）：那他女朋友呢？

阿杰：她可是风云人物啊，追她的都是富二代。你看她手上的那个爱马

 美丽依旧

仕包,最新款的,十多万,是阿超刚买给她的。

天佑下意识地把自己的双肩包推到了身后。

切至

190.(外景)　洛杉矶某高校　日

(配乐低声响起)(镜头跟随天佑)他走在绿荫如盖的小路上,穿过柔美起伏的大片绿地,驻足欣赏校园的建筑;他在长椅上小憩,最后来到海边眺望无边的大海。

他用手指在沙滩上画了一个大大的心形,心形中间写着:妈妈,我爱你!

天佑(画外音):妈,一个多月的自律,换来了全A的考试成绩,尤其是数学,一不小心拿下了第一名,老师说我是爆发小王子。嘿嘿,别太为我骄傲哦。另外,我还顺便帮助了一个新朋友通过了数学考试。

今天终于可以放松心情,饱览一下校园风光。(停顿)突然有种感觉,同样的我,同样的地点,不同的心境却有着不同的感悟。总之,我不想浪费你的辛苦钱。妈,现在拍几张海边的照片送给你。

他把沙滩上画的那颗"心"拍成了照片,发送给了妈妈。

温迪(画外音):儿子,来自你的好消息就像清晨照亮心里的第一缕阳光,它是如此的温暖,它会使我的快乐延续很久。(停顿)儿子,你是妈妈心灵深处最柔软的那片天空,(感动的表情包)你所做的远远超出了我的期望。

黑场

电话铃声响起。

191.（外景）　海滩　日

阿杰（画外音）：你在哪儿？

天佑：在海边。

阿杰：发个定位给我，我现在就去接你。

天佑：去哪儿？

阿杰：一个很酷的地方。

天佑：OK！

切至

192.（内外景）　马里布沿海公路　轿车内　日

天佑：到底去哪儿啊？

阿杰：别急，很快就到了。

天佑：打开120台，我敢肯定路上跑的车里都在听。

120台正在播放一首Rap。音乐瞬间点燃了两个孩子的激情，他们大声唱着，欢畅无比，将近日来的压力释放殆尽。

阿杰的宝马车飞驰在沿海岸线的公路上，洛城的夕阳照射着大地。

切至

193.（外景）　Moon Shadows Malibu 餐厅外　车道　日

汽车缓缓停靠在餐厅前的弯道上，阿杰和天佑从车里走出，一个戴着白

 美丽依旧

手套的服务生迎了上来，阿杰老练地将自己的车钥匙交给他，服务生随即将车开走。

这阵势着实让天佑有点懵。

切至

194. （内景）　Moon Shadows Malibu 餐厅内　日

服务生将他们带到阿杰预先订好的餐桌前。

天佑：哇！餐厅向西的整面玻璃幕墙无限宽广的景观深深地震慑了天佑，他被迷住了。

阿杰：嗨，大把时间坐下来慢慢欣赏，我知道你会喜欢的，所以昨天就预订了这个位置。我们可以一边品尝海鲜大餐，一边观赏落日海景。

天佑难以置信地看着他。

天佑：真没想到你还有这品位。

阿杰递给他一个得意的眼神。

天佑：这无敌海景，真是美爆了！

阿杰：如果咱俩今天运气好，还能碰到一两个好莱坞巨星呢！

天佑（眼睛都亮了）：真的？

阿杰：是啊，这里的撞星率很高的，我们上次就撞到了 Brad Pitt。这是他最喜欢的餐厅。

天佑：我几乎看了他所有的影片，最喜欢他的《七宗罪》《燃情岁月》和他刚出道时的《大河之恋》。

阿杰：你看了那么多电影？

天佑：我和妈妈每周都有周末电影，看的基本上都是欧美的经典影片。

阿杰：你真幸福！

这时服务生把餐牌递给了阿杰，他又递给了天佑。

阿杰：喜欢吃什么，随便点。

天佑：你发财啦？

阿杰：这次考过了，我爸特别高兴，说要奖励我。我告诉他如果没有你的帮助，我根本过不了，所以他先打了点钱过来，让我请你吃饭。

天佑：这还差不多。

阿杰：他还说让我代表他谢谢你。

天佑：你爸太客气了。（停顿）我真羡慕你有一个好爸爸。

阿杰没有回应。

天佑：你点吧，我对这儿的菜不熟。（停顿）他妈的最近就没有吃过一顿像样的饭，那个菲律宾八婆小气到连冲凉都要限时。

阿杰：尽快找房子吧。

天佑：那天发了几张照片给我妈，她一眼就看出我瘦了。怕她担心，我说这里的一切都好极了。你都不知道我妈煲的汤有多香，烧的鸡翅、蒸的鱼，她还会做牛肉拉面。（回味着）

阿杰：你妈还会做拉面？

天佑：对呀，再配上西红柿肉酱汁，那味道！（陶醉状）而且每次都会做很多，就怕我不够吃。

阿杰：还是赶快点餐，我都让你说饿了。

阿杰和服务生沟通着点餐。

天佑将目光移向窗外。

餐厅仿佛是艘悬浮于海上的船，海水就在脚下荡漾。

火红的夕阳漂浮在海的尽头，它将辽阔无边的海面染成一片橘红色，映红了他俩稚嫩的面庞，也温暖了他们的心。

切至

195. （内景，同上，晚些时候）　夜

（我们的视线）每个桌上都已点燃了蜡烛，整个餐厅散发着浓郁的温馨浪漫气息。

天佑和阿杰倚在小桌板上，静静地观赏着繁星闪烁的夜空。

天佑：我和妈妈在茶山的那个夜晚，窗外是茫茫云海，天空上的星星硕大无比，我们渴望着美好未来……

阿杰：其实我很羡慕你，虽然是单亲家庭，但你妈把全部的爱给了你。

天佑：你爸也很疼你啊。

阿杰：我们家很复杂，不断增加的新成员让我能感受到的爱却越来越少，而我爸只会用钱解决问题。

天佑：为什么？

阿杰：算是一种补偿吧。我们很少沟通，所以当我们独处时很难消除那种距离感。（停顿）我恨他！

天佑瞪大了眼睛。

阿杰：他在外面有女人，那个女人还给他生了一儿一女，我们家如同一个硝烟弥漫的战场，一切都为了钱。那个女人用尽手段搞我爸的钱，而每当我看到母亲伤心欲绝而我却无能为力时，就感到自己好没用。

天佑除了向他投去同情的目光，什么话也说不出来。

（镜头俯拍整座餐厅）

切至

196.（内景）　约翰尼的家　餐厅　傍晚

大家都在闷头就餐，气氛有点儿沉闷，天佑尽量控制着自己，吃面时不发出声响。

丽萨（对着天佑）：我很抱歉，我只是想提醒你，后天需要支付下个月的房租。

天佑（礼貌地）：钱我已经准备好了，请不用担心。

丽萨：谢谢！另外还有一件事，我丈夫今天请工人来帮你换了一把新锁。门锁和安装费一共300美元，请和房租一起交给我。

天佑（惊愕地）：门锁在我来之前就是坏的，你丈夫是知道的，他还说要帮我修理。

天佑看着约翰尼，希望能得到证明，但他避开了天佑的目光。约翰尼瞟了丽萨一眼。

约翰尼：哦，我不太记得了，对不起。

丽萨（突然大声地）：哦，我的上帝啊！这是不可能的，你应该知道损坏东西是要赔偿的。

（我们的视线）天佑和丽萨继续争辩着，约翰尼默不作声。

切至

次日——

 美丽依旧

197.（内景）　天佑的房间　日

（天佑的视线）他正透过小窗，观察着院子里的动静，墙上的挂钟显示2:05（下午），院内空无一人。

（简短的镜头）两个大旅行箱和一个双肩包，以及崭新的门锁。

天佑看上去神情焦虑，坐立不安，他再次拉开抽屉，检查着是否有遗漏的东西。

约翰尼（画外音）：查理，帮我把餐桌上的手机拿给我。

天佑快步移至窗前，从一个不易被发现的角度凝神屏息地观察。

（天佑的视线）约翰尼已将车停靠在路边等待着，查理背着书包，手里拿着手机跑了出来，他交给约翰尼后就上了车。

丽萨抱着小女孩进入了视线。

丽萨（大声地）：查理，帮我拿东西。

查理（很不情愿，磨磨蹭蹭地）：OK。

稍后，汽车开走了，天佑看着车消失在视野中。

天佑（自语）：呵呵，还想玩我！

天佑拿出手机。

天佑（画外音）：他们走了，你什么时候到？

阿杰（画外音）：估计15分钟左右。

天佑（画外音）：尽量快点，我怕夜长梦多。

天佑盯着挂钟，恨不得直接播到15分钟后，他像热锅上的蚂蚁，备受煎熬。

手机响了。

阿杰：哥们，情况有点不妙，现在堵车，前面好像发生车祸了。

天佑：啊，那要等到什么时候？有别的路可以走吗？

原创电影文学作品

阿杰（画外音）：你别急，我先看看。

这时楼下传来车开进来的声音，接着车库的门打开了。

天佑悄悄走到门后，把门轻轻反锁上，屏息听着车库里的动静。

他僵在那里一动不动，不敢接听阿杰发来的语音留言，那根紧绷的弦马上就要断了。

车库里发出搬挪东西的声音。

稍后，车库门关上了。一切安静了下来。

天佑冲到窗前，他看到约翰尼将一个幼儿用的安全座椅放在后备厢里，然后驾车离开了。

天佑急忙打开阿杰的语音（画外音）：虚惊一场，是警察在查车，十分钟内到，你可以下楼了。

天佑背起双肩包，带着他的全部家当，关门。他在狭窄低矮的楼梯上把箱子拖了下来。

切至

198.（内外景）　　约翰尼家内外　　街道　　日

阿杰透过挡风玻璃看到天佑拉着两个大箱子朝轿车走来，他急忙下车接应，迅速把行李放入后备箱内。

他俩上车，阿杰一脚油门，车便飞上公路，将约翰尼的家远远地抛在身后。

车内天佑和阿杰对视一笑。

天佑长舒了一口气。

阿杰：我们在上演谍战片《虎口脱险》。

天佑：我军虽损失了两个月的押金，但却取得了最终的胜利。

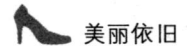 美丽依旧

阿杰：就当扶贫了，这种人你就是给了她300美金，她也会找理由吞掉你的押金。

天佑：你说得对，这种人哪儿都有，我家茶庄的房东也是这么贪心。我妈对付他们的原则就是小便宜你尽管占，但坚守底线。

阿杰：你妈真牛！

切至

199.（外景）　某高校篮球场　日

阿杰把车停靠在路边，天佑从后备厢提出自己的旅行箱。

阿杰（指着球场边的长椅）：就在这儿等我。

天佑：你来得及吗？

阿杰（看了看表）：来得及，5:30（下午）的航班。

阿杰：我送完她回家就赶过来接你。

阿杰：这两天先在我那儿凑合一下，我们抓紧找房。

阿杰离开。

天佑拉着箱子朝球场边的长椅走去，在洛城充足温暖的阳光下，天佑的身影更显孤独。

切至

200.（外景，同上，稍后）　日

（我们的视线）天佑坐在长椅上，身边放着他的全部家当。空旷的球场里

一片深沉的寂静。

明媚的阳光下，天佑感到一阵彻骨的寒冷袭来……他哭了，哭得很大声。

切至

201.（外景，同上，稍后）　　日

（我们的视线）三部越野车依次停靠在球场边的停车空地上，从车上下来一群中国留学生，他们说说笑笑、打打闹闹地向球场走来。

（简短的特写）天佑迅速抹去脸上的泪水，调整了一下自己的状态。为了掩饰自己的窘态，他打开手机低头看着。

此时他不想和任何人说话。

稍后他听到有脚步声朝他走来。

（天佑的视线）一双穿着阿迪达斯限量版篮球鞋的大脚，进入了他的视线。

天佑顺着来人健硕的小腿向上看去，刺眼的阳光使他看不清楚对方的脸。

男生（热情地向他伸出了手）：你好，打扰一下。

天佑起身，握住了这双有温度的手。

此时他看到了一张坦荡而真诚的笑脸。

男生：认识一下，我叫赵天宇，来自山东，是本校大三的学生。

这个男生稳健大气的做派，让他自带大哥风范。

天佑：我叫张天佑，来自广州，是刚入校的新生。

男生瞟了一眼天佑的行李箱。

另一位男生（画外音）：队长，我们什么时候开始？

赵天宇：马上。

他用手指顶着篮球在指尖上旋转。

赵天宇（冲着天佑）：喜欢吗？

天佑（立刻来了精神）：我上高中时是校队的中卫，我的偶像是艾佛斯。

赵天宇：太好了，那还等什么，我们的一个队员今天有事儿来不了。

天佑：OK。

赵天宇离开，天佑打开行李箱，从中取出一套崭新的篮球服和一双阿迪达斯的篮球鞋。

天佑（画外音）：妈妈说，精神要自己抖擞。

稍后，他精神饱满地跑上了球场。

赵天宇给大家介绍天佑，天佑和球员们一一握手、击掌，比赛开始。

切至

202.（外景，同上，晚些时候）　　日

比赛已进入白热化，天佑表现神勇，他奔腾跳跃，将连日来的郁闷委屈化为汗水。（特写慢镜头）阳光下，晶莹剔透的汗水抛洒在空中。他娴熟的球技获得了队长欣赏的目光。

在天佑将最后一个球投入篮中的一刹那，比赛结束了。

夕阳下，队员们击掌，拥抱，告别。

切至

203.（外景，同上，稍后）　　落日时分

一切恢复了宁静，天佑坐在长椅上，享受着酣畅淋漓后的舒爽感觉。

片刻后，他弯腰换鞋。

（天佑的视线）那双熟悉的大脚又出现在他的视线里。

天佑（吃惊地抬头）：你还没走？

赵天宇（微笑）：我是特意留下来的。

天佑不解地看着他。

赵天宇（态度真诚地）：我想邀请你加入我们的球队，参加下星期的一场比赛。

天佑暗自窃喜，但又略显迟疑。

赵天宇瞟了一眼旅行箱。

赵天宇：你住哪儿？

天佑为自己的窘境感到懊恼和沮丧，一时语塞。

天佑：这两天暂住在朋友家……正在找房子。

赵天宇：找到了吗？

天佑（一脸茫然）：你知道，我刚来美国，才一个多月，所以……

赵天宇（打断天佑的话）：你先等等，我打个电话。

他掏出手机，走到一边去通电话。

天佑继续收拾自己的衣物。

赵天宇（画外音）：你把那间小房子先腾出来，让他先住下。嗯，好，好的。租金多少钱？好，我先问问他。

赵天宇跑到天佑面前。

赵天宇：我朋友那里刚腾出来一间房，离学校很近，租金 500 美元，你觉得可以吗？

天佑使劲点头。幸福来得太突然，他一时不知说什么好。

赵天宇（对着电话）：OK，没问题。那你先收拾一下，我们一会儿过去。哥们先谢谢你了！

通话结束。

赵天宇：这是我朋友家的房子，社区很安全。你运气不错，两天前租住的那个学生刚回国。

天佑脸上写满了感激。

天佑：谢谢赵大哥。

赵天宇：举手之劳，再说你已经是我们团队的一员了，今后大家相互帮助。

（镜头拉高拉远，画面中，二人拉着箱子朝着赵天宇的车走去）

淡出

手机铃声响起。

淡入

切至

当下——

204．（外景）　　金门大桥　　海边　　夜

手机铃声将天佑从思绪中唤回，一个女生甜美清脆的声音传来。

女声（画外音）：Hello！天佑，东西都买好了吗？你现在在哪儿？那边的活动快开始了，他们一直都在催，你什么时候能回来？

天佑：Sorry，我马上到。

他起身向自己的轿车走去。

切至

205.（外景）　白云国际机场　日

（镜头对准"广州—旧金山"的字样）
飞机轮子离地起飞。

切至

206.（内景）　经济舱内　夜

飞机已飞行数小时，大部分乘客已昏昏入睡。
温迪打开遮光板，外面一片漆黑。
她盯着机窗上映出的自己的脸庞。

闪回

切至

两年前——

207.（内景）　温迪的茶庄　日

婷婷坐在办公桌对面的扶手椅里，正和温迪谈话。

 美丽依旧

婷婷（沮丧地）：那你还没有告诉天佑，春节你去不了美国了。

温迪（沉重地）：没有，我还没想好怎么跟他说。

婷婷：他是那么期盼和你一起过年。

温迪：愿望很美好，现实却总是很残酷。

婷婷：市场静得吓人，往年这个时候早已车水马龙，你看现在离过节只有20多天，都还没有什么人订货，仓库里积压了那么多的茶，真不知道该怎么搞。

温迪：这是一个大环境的问题，我们改变不了什么，唯一能做的，就是面对现实解决问题，所以现在我们谈点具体的吧。

婷婷：你出差这段时间，我和仓库人员一起彻底大盘点，列出了一份详细的清单，库存量真的好大。你看看。

温迪（看着清单）：春节前，我们的主要任务就是消化库存。

婷婷：可是现在生意这么惨淡……

温迪：所以我们不能再守株待兔，要主动出击。网店那边的销售情况怎么样？

婷婷：比上个月增长了10%的销量。

温迪：好，你通知他们明天上午9点半来我办公室开会。

婷婷：OK。

温迪：你最近有没有了解客户的销售情况？

婷婷：有，基本上都说下半年生意很难做。（停顿）礼品茶的销量大幅消减。

温迪：这不是一天两天的事儿，我们还是要一如既往地关注那些有刚性需求的客户和一些收藏者。

婷婷：我也这么认为。

温迪：所以我们需要调整销售方案。你整理一份最新的客户名单，并根据这份名单的人数，每人送一份新春茶礼经典款"好运来"。

婷婷：生意这么差，你还送？

温迪：生意差人情不能差。（她指着货单）另外，就用这两款礼品来做节前的促销活动，降价的力度大一点。（停顿）通知所有客户，限时限量订购，明天开始。

温迪：至于那些高端客户，他们一定会来店里亲自品尝挑选的，这些客人我来负责。

温迪瞟了一眼婷婷。

温迪：你现在已经是副总经理了，越是困难的时候，你越要抖擞精神，以一种积极的状态来应对。要想方设法解决问题，这样员工才能看到希望。

婷婷：我懂了。

温迪：那好，抓紧时间去准备吧。

婷婷走到门口又返身回来。

婷婷：哦，我差点忘了，那个八婆房东前两天来找你，说有事儿，我告诉她你出差了。

温迪：什么事儿？

婷婷：她没说。她找我们还能有什么好事儿？

温迪思索着。

婷婷：这帮家伙想钱想疯了，你心里有个数。

温迪：我知道了。

切至

几天后——

美丽依旧

208.（内景）　温迪的家　卧室　清晨

（镜头对准温迪的脸）温迪眨了眨眼睛，茫然了片刻，然后伸了伸懒，起身拉开窗帘。

（我们的视线）她穿了一条丝质的吊带睡裙，站在半圆形的玻璃幕墙边，望向窗外，画面孤单而寂寥。

（轻柔而略带感伤的小提琴或钢琴曲响起）

（温迪的视线）这是一个阴沉寒冷的日子，树枝在凛冽的强风中扭曲变形，漫天翻飞的落叶，不知随风散落何方。眼前这片了然于胸的美景，正经受着前所未有的肆虐，满目疮痍。

稍后，温迪进入浴室，她褪去睡衣，沐浴在花洒下，雾气在空中弥漫，给人一种迷幻的感觉。

温迪（画外音，配乐持续）：随着岁月的流逝，我渐渐开始对某些东西的逝去感到悲哀。回忆已成了我的生命，因为除了回忆我一无所有。我时常像翻阅一本无比珍爱的记事本，那些美好的、纯真的、温暖鲜活的岁月的影子，便在我的眼前翩跹起舞了，我知道我的一部分永远地留在了那里。（停顿）儿子走后，我的心像是被掏空了，在那些困难的日子里，感情是我们唯一的依靠，而现在的我却又一次陷入了迷茫。

她抹去镜上的雾水，审视着镜中的自己，抚摸着凹凸有致的身体，当她的手触摸到微微凸起的小腹时，嫌弃地皱了一下眉头。随后她用吹风机吹干瀑布般的秀发，突然发现在右鬓角处藏着几根白发，她急忙凑到镜前，一口气将它们彻底根除，因为这是她无法容忍的。

她神情沮丧地呆站了一会儿。

温迪（画外音）：村上春树曾经说过，我一向以为人是慢慢变老的，其实不是，人是一瞬间变老的。

黑场

（画外音）强劲的音乐响起。

渐显

209.（内景）　某健身中心　夜

（我们的视线）一个浑身有着大块肌肉、年轻帅气的教练在动感单车上跟着强劲的节拍呐喊，场内数十名会员挥汗如雨。

温迪动作矫健，喷涌而出的汗水使她感受到生命的活力，找回了久违的激情与日渐远去的青春活力。

切至

210.（内景，同上）　夜

温迪戴着耳麦，在跑步机上奔跑，活力四射。

切至

211.（外景）　温迪茶庄外　街道　日

寒冷萧瑟的街道，寥寥无几的行人，满目萧条。

切至

212.（内景，稍后）　温迪的茶庄　日

（镜头俯拍）店里装饰得一派红红火火，节日气氛甚浓。

（音乐低声响起）门外悬挂的两个大红灯笼，在寒风中摇曳生姿。

大门内两旁摆放着两大盆果实累累的金橘树，枝头挂满了烫着金字的红包，图个大吉大利，招财进宝。

临街落地窗上贴着迎春的窗花，空中悬挂着一些吊饰。

（镜头沿着一侧墙向屋内移动）一排排高高摞起的礼品箱摆放得整齐有序。靠墙的几个大冰柜依次排开，柜中放满了新鲜的茶叶，价格编码一目了然，一切准备就绪，等待客人挑选。

（随着镜头的推移，温迪进入了我们的视线）温迪穿了一件红色的长款大衣，脖子上围着一条垂感和质地很好的黑色围巾，显得光艳亮丽，周身喜气洋洋。

她站在一排精致的藤架前，将手中的挂饰逐一挂在展示架上。

这些用普洱生茶压制的十二生肖图挂饰，形态生动，呼之欲出，周边还装饰着红丝带，下方吊一个大大的中国结。

这些装饰，给店里带来了生机。

店内营造的火红气氛和窗外天寒地冻的景象形成强烈的反差。

温迪欣赏片刻后，从收藏柜中取出一个看上去十分陈旧的茶罐，上面印着"老枞水仙王"的字样。这款茶我们似曾相识。

温迪拿出一个精美小巧的自用紫砂壶。她打开茶罐盖子陶醉地闻着，仿佛要把罐中的气味一网打尽。

（我们的视线）温迪的冲茶姿态极具观赏性，但她不是在表演而是用心在与茶沟通。

温迪（画外音）：我与茶庄共同度过了一段热恋期，渐渐地，我对这份生意不再抱有憧憬和真爱，剩下的就只有为了生存而疲于应对的责任和不可一日无茶的习惯了。（停顿）每当我静静地专注于冲泡一道珍藏已久的老茶时，它所散发的陈年气味，都会唤醒我的某种悠悠情愫。也许是夕阳西下踩在鹅卵石上感受到的落日余温，也许是秋日里儿子弹奏的一首钢琴曲，抑或是绿荫里的斑斓光点，以及飘荡在空中那难以割舍的往日情怀。（停顿）细品这道岁月留痕的老茶，是一个与之神交的过程，它会让你从容感受时光的流逝。（温迪将一杯茶含入口中，画外音）入口如丝绸般柔顺油滑，汤水灵动翻滚，让你真切感受到它醇厚、甘绵、意味深长的底蕴。而深藏不露的霸道茶气，便随着滑入喉底的回甘而余韵缭绕。这又何尝不是一种洗尽铅华后的超凡脱俗的高贵气质呢？每一泡茶的变化，恰好应验了人生中"变才是生活的证明"这句话。（停顿，温迪将目光移向窗外）也许这就是人们常说的"茶如人生吧"。

稍后，门外传来一阵噪声，打断了温迪的思绪。

一辆集装箱卡车停靠在茶店门外，婷婷和几个工人跳下车来卸货。

温迪的手机发出响声，屏幕显示（天佑画外音）：老妈，你最近好吗？微信不回电话不接，你没事吧？

温迪看后不置可否，她没有回复。

婷婷抱了两箱货走进店里，放在一块空地上。

温迪（笑着对婷婷）：看来促销的效果还不错嘛，这么快就补货了。

婷婷：就是利润太薄了。

温迪：我们需要周转资金。

温迪说完便上楼去了。

切至

213. （内景，同上，晚些时候）　　日

婷婷和员工们已将卸下来的货摆放整齐。

婷婷：阿亮，这些货摆放的角度尽量能让窗外过往的行人和车辆能看得到，尤其是"特惠"两个字。

阿亮：OK。我出去看看，你在里边调整。

阿亮跑出门外，模仿着行人路过往店里看的样子，他用手给婷婷比画着，让她调整摆放的角度，直到满意为止。

寒风将他吹得瑟瑟发抖。

片刻后，他走进店里。

阿亮：这鬼天气是要冻死人的节奏啊！

婷婷：阿玲，拿一泡好茶，给阿亮暖暖身子。

阿玲：OK。经理喝什么？

婷婷：来泡"传家宝"吧。

阿亮：太给力了，谢谢经理！

婷婷（对着阿玲）：你要用心泡哦，可别糟蹋了这泡好茶。

阿玲：OK，放心吧。

大家围坐在桌边静静地期待着。

一个中年女人（画外音，粤语）：哇哦，装饰得好靓啊！

大家几乎同时回头看向门口。

婷婷（粤语）：老板娘来了，今天这么有空啊？来喝杯茶先。

女房东：好茶肯定是要喝的啦。

她东瞅瞅西看看,最后将目光锁定在"特惠"区。

她走过去拿起一盒样品茶,翻看着。

女房东:这款好靓啊,几多钱呢?

婷婷:200元一盒,是亏本在卖。

女房东:乱说,怎么可能亏本呢?

婷婷厌恶地看了她一眼。

女房东:过两天我带几个朋友来买,还有没有的便宜呀?

婷婷:老板娘,这样的价格再便宜,我们就连房租都交不起了。

女房东:别乱讲了,再差你们的生意都不会差啦。再说你老板娘人脉那么广。

婷婷懒得接她的话了。

女房东:你老板娘回来了吗?

婷婷:昨天刚回来,在办公室,我打个电话告诉她你来了。

女房东:不急了啦,先喝杯茶啦。

她凑到桌边,阿亮把自己的位置让给了她。

她喝了一口。

女房东:哇哦!好茶哦,喝下去喉咙好舒服,不像那些垃圾茶,一喝下去直接封喉。

婷婷:老板娘真懂啊,这是4 800元一斤的"传家宝"啊!

女房东:怪不得这么好喝,那就多喝几杯啦。

阿亮递了一个眼神儿给婷婷,婷婷回敬他一个无奈的表情。

切至

214. (内景)   温迪的办公室   日

惨淡的冬日阳光透过窗户照射进来,温迪在电脑前办公。

电话铃声响起。

温迪：嗯，好，知道了，你让她上来吧。

温迪放下电话，思索着。

门外传来敲门声。

女房东推门进来，脸上挂着不自然的笑容，每当看到这张油腻而写满贪婪的脸，温迪就有一种生理上的厌恶。

女房东（讨好地）：老板娘在忙啊？

温迪（挂着社交的微笑）：请坐。

温迪感觉她身上散发着某种异味儿，似乎从头到脚，她就从来没有洗干净过。

温迪：好久不见了，气色不错嘛。

女房东：那是刚喝了你的好茶，我来过很多次，你都不在。老板娘在忙着做大生意呢。

温迪：哦，现在还有大生意做吗？如果有，介绍给我，你还可以拿回扣呢。（停顿）还是你们的生意好做啊，盖一栋房子一本万利。哎，我没有商业头脑，当时要是拿投资茶店的几百万买几套房子，现在躺着吃都够了。

女房东：老板娘是赚大钱的，哪里看得上这点房租。

（停顿）温迪：找我有事儿？

女房东：也没什么大事，就是想问问你，明年合同到期后你还打算继续租吗？

温迪：如果我没记错的话，现在离合同到期还有三四个月呢。

女房东：只是随便先问一下，我们心里好有个数，你也可以提前准备一下。

温迪：提前得有点儿太早了吧。

女房东：时间过得很快的啦。主要也是为你考虑，如果续租，那租金和签约费方面，你也好提前有个准备。

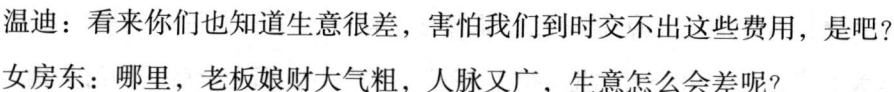

温迪：看来你们也知道生意很差，害怕我们到时交不出这些费用，是吧？

女房东：哪里，老板娘财大气粗，人脉又广，生意怎么会差呢？

温迪显然被她的无赖说法激怒了，她直视着她那双混浊而无耻的眼睛，毫不掩饰对她的厌恶。

切至

215.（外景）　温迪办公室外　平台花园　日

婷婷正穿过平台花园，向温迪的办公室走去，手里拿着一些需要温迪签名的货单。

温迪（画外音，大声地）：什么？我没听错吧？签约费65万，每月房租还递增10%，你们可真敢要哇，我想你们不会是疯了吧！（用手指着）街对面就是银行，快去抢吧，那样来得更快。

婷婷立刻收住了脚步。

温迪（画外音，暴怒地）：这么惨淡的生意，你们没长眼睛吗？还是想在我们倒闭之前再大捞一笔，这简直就是敲骨吸髓。生意好的时候你们在涨，说有钱大家赚，生意差的时候你们变本加厉敲诈，因为你们知道我们不可能不续约，因为我们仓库里堆满了还没有卖出去的货，所以我们别无选择，只能接受你的霸王条约，想要多少我们就得给你多少。

女房东（画外音，粤语）：老板娘，你发那么大火干吗呢？有钱你就做，没钱你就可以不做，又没有人逼着你续约，我们这可是一线档口，大把人想进来呢。

温迪：所以赶走了我们，你就可以在下一个客户那里敲一大笔了。（停顿）你别忘了，你们这帮人就是靠着我们这些投资商户，不仅脱了贫，还发了大财！可你们连一点感恩之心都没有，有的就是一颗越来越黑的心和越来越大的胃口，如果今天你想要多少我就给你多少，那无疑就是助纣为虐。

女房东：你说的是什么意思？

温迪：哦，我忘了，你连初中都没毕业，但这不重要，重要的是你会抢钱就行了。

婷婷木然转身下楼。

切至

216.（内景）　温迪的茶庄　日

婷婷心情沉重地坐在茶桌前发呆，身后的背景是阿玲和三个茶妹子在打包茶叶。

这时茶店的座机响了。

婷婷：您好。

天佑（画外音）：我找婷婷姐。

婷婷：我就是，你是天佑吗？

天佑：是啊。姐姐你好吗？

婷婷：挺好的，你呢？

天佑：我很好。

婷婷：离家那么远一定要照顾好自己，你妈妈说你现在都会自己煮饭了。

天佑：妈妈教了我几道菜，汉堡吃得我都想吐了。

婷婷（笑了）：是啊，那里哪里会有我们广州的吃头多呀。

天佑：经常想到你做给我吃的土豆焖鸡，超级棒。

婷婷：等你回国，我再做给你吃。

原创电影文学作品

天佑：谢谢婷婷姐。（停顿）你知道我妈过年要来美国的事吗？

婷婷：听她说过。

天佑：机票订了吗？因为通常这些事都是你帮她处理的。

婷婷迟疑。

沉默片刻。

婷婷：我想也许你妈妈还没有想好怎么和你说，怕你失望吧。

天佑（语气坚定地）：婷婷姐，请告诉我到底发生了什么事？（停顿）我都出国两年了，已经长大了，从小到大什么事儿都是我妈自己扛着，她一直都在为我竭尽所能。别人有的她都想给，尽管有时力不从心。

婷婷：你能这样想我很高兴，你大了，你有权利知道真相。

婷婷：今年下半年以来，行情越来越差，可以用惨淡来形容，而我们的库存非常大。（停顿）你知道你妈妈的行事风格是大手笔，但显然我们对今年的行情过于乐观了。（停顿）买茶送礼的少了，另外一方面经济转型，实体店举步维艰。往年到这个时候，每天都加班赶货到深夜，这你是知道的，而现在却是"门前冷落鞍马稀"，更恐怖的是，那个房东死八婆，还想来敲诈一大笔钱。

天佑：她又狮子大开口？

婷婷：开口签约费就要65万，根本不管我们的死活，这些年我们养肥了他们。

天佑：贪得无厌！几十万盖的一栋破楼这些年都赚了上千万了，还不够？

婷婷：你妈现在正在办公室和她战斗呢。

天佑：你要帮我看好我妈，别出什么事儿，那样我就没法活了。

婷婷：放心，你照顾好自己，我们年前的任务是多消化库存换现金，年后你妈说还要给你交学费呢。

…………

切至

217.（内景）　温迪的办公室　日

温迪此刻看上去显得异常冷静，冷得像块冰，脸上的坚定神情令人望而生畏。

温迪：既然你说你只是个跑腿的，那我们也不必伤和气，但请你转告那些说了算的人，告诉他们我的态度。你听好，合同到期后，我还要继续做下去，但不是按照你们的霸王条约续约，我只能接受签约费在你们提出的数字上打六折，我认为这已经是很高了。另外，房租涨幅5%。

女房东（大叫）：你想都别想，根本不可能。

她那张皮肉松弛的恶俗的脸上写满了欲望。（恍惚的慢镜头）温迪仿佛看到她的脸上晃动着一个大大的"钱"字。

女房东（邪恶地）：到期后，如果你不搬，我们会找人来帮你搬，他们那些人白道黑道上都有人。

温迪的手"啪"的一声重重地拍在桌上。

温迪：你在威胁我吗？从今天开始，我会通知我的朋友们，如果我和我的财产发生危险，那就是你们干的。而我们会报警，当你的黑道朋友帮我搬货时，我会请来媒体记者现场直播采访我，相信这是一个新闻事件，让大家看看你们这帮恶霸的丑恶嘴脸。

女房东（惊呼）：你这是要干什么？和气生财啦。

温迪：还有一点，这点很重要，我们开门做生意，遵纪守法，按月给国家缴纳税金，可我给你们交了这么多年的房租，包括你们每三年就讹诈一次的签约费，却从来没有给过我一张发票，这不合法。（停顿）请从我来的第一

原创电影文学作品

个月补起，补齐所有的发票后交给我，我马上就搬。怎么样，这公平合理吧。

女房东：你太可怕了。

温迪：你们抢着钱还理直气壮。因为我要确保按时给我的员工发放工资，按时缴纳水电费，还要按时给你交房租。最后一点，请听清楚：我绝不允许你们抢走我儿子的学费，从而使他中途辍学，这是我的底线。你也是一个母亲，相信你能理解一个单亲母亲在保护自己儿子的路上，是无所畏惧的。

女房东站在那里像个白痴。

温迪：但我希望这一切都不要发生，像过去的那些年里一样和平相处，就像你们说的那样，和气生财，你给别人留条活路，你也不会断了自己的财路。

（镜头对准还没从震惊中回过神儿来的像头蠢猪一样的女房东）

切至

218.（内景）　温迪的办公室　日

温迪因无法确认接下来会发生什么事，她看上去有点忐忑不安。

片刻后，她打开柜子拿出一瓶红酒，但想了想又放了回去。

座机电话响了。

婷婷（画外音）：温总你还好吗？

温迪：什么事？

婷婷（画外音，压低嗓音）：来了一个生客，他说想订500盒礼品茶，我已经给他试了很多泡茶，可谈到价格方面，他说要找老板。

温迪：我马上下来。

她稍作调整后，走出了办公室。

切至

219.（内景）　温迪的茶庄　日

（我们的视线）门外停着一辆黑色的路虎越野车，婷婷正在给一个看上去30多岁的男子介绍几款新出的礼品茶。

男子看上去给人一种谁也别想忽悠他的感觉，神情里透着精明干练。

阿林和几个员工正在往门外搬送货。

温迪走下楼来。

婷婷（像看到救星似的）：孙老板，我介绍一下，这就是我们的温总。温总，这是孙老板。

温迪一扫阴霾，脸上挂起所能展现的最大笑容，她热情地与孙老板握手，释放出最大的热情和诚意。

温迪：欢迎您光临本店！

孙老板：温总您好，认识您很高兴！

温迪：您请坐。

婷婷：孙老板想从咱们店里挑选一批礼品茶，我们已经试了一些不同口感的，孙老板很懂茶。

温迪：好好好。孙老板，在试过的那些茶里有您中意的吗？

孙老板：我觉得你们家的铁观音是用传统方法制作的，发酵度比较高，韵味比较足。

温迪（笑了）：果然是行家！（对着婷婷）所以说和懂茶的人沟通是一种快乐。

婷婷：孙老板对我们的"老味道"赞赏有加。

原创电影文学作品

温迪：那可是我们店的经典产品啊。这道茶连续三年烘焙后已经存放18年了，这可是那些喜欢"玩儿茶"和"斗茶"的老茶鬼们的挚爱啊！

孙老板：价格一定不菲。

温迪：这款茶适合收藏，拿来送礼就太奢侈了。

孙老板（点头附和）：那就有劳温总帮我选一款适合送礼的茶吧，我要答谢客户。

温迪：OK，没问题。那您的预算是个什么价位的呢？

孙老板：大概180块左右吧。

温迪：加上礼盒吗？

孙老板：是的，必须保证茶叶品质。

温迪：哦，这个价格，操作起来就有点难度。

孙老板：温总，今年生意真的很难做，加上年底各种费用，人员工资、年终奖金，迎来送往的接待费用。年关难过啊！

温迪（真诚地）：深有同感！好，那让我来帮您想想办法。

片刻后——

温迪：婷婷，你把那款"好韵来"拿过来让孙总看看。（对着孙老板）这款是我们春节答谢客户的一款特价产品，无论茶叶品质和包装都是非常超值的。

孙老板：这名字起得好啊！

温迪：广东人讲究一个好意头，要唱"旺"嘛。

温迪打开礼盒，给孙总介绍着。她拿出里面的两个大红色的圆罐，上面是"喜鹊登枝"的图案。

温迪：喜鹊象征着好运和吉祥。

孙老板：好意头，看上去又喜庆！

温迪从罐中取出一泡茶。

温迪（对着婷婷）：我来给孙总泡吧。

孙总专注地欣赏着温迪行云流水般的娴熟技艺，之后接过温迪递给他的

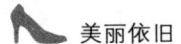 美丽依旧

盖碗盖闻香。

温迪：淡淡的桂花香。

孙老板：这种幽香很吸引人。

温迪：您看这汤水，通透，没有杂质。

停顿——

孙老板端起茶杯将茶水送入口中。

温迪：入口后，喉底回甘留香；而且这泡茶还有一个特点，就是耐泡。

孙老板：耐泡是高山茶的特点。

温迪：孙老板真是名副其实的行家！这款茶的口感，无论会喝不会喝的人都能接受。

孙老板：我也是这么认为的，那价格方面呢？

温迪：这款特价茶是200块一盒，考虑到您订购的量比较多，所以我就按着您的预算，180块钱给您吧。

婷婷（惊呼）：温总？

温迪没有回应。

孙老板：温总太会做生意了！

温迪：只要您满意就好。

孙老板（想了想）：温总，你看我是第一次到你们店来就做了这么多生意，您看出来我是很有诚意的，所以我想，咱们就一口价160块一盒，马上就定下来，好吗？

婷婷（惊叫）：孙老板，这哪里能行？这我们就亏大了！

孙老板：近来压力实在太大，不送又不行，还请温总多多支持，今后我一定会常来帮衬你们店的生意的。

温迪（果断地）：那好吧，就给你留一个好印象。

婷婷：温总？

温迪用眼神阻止了她。

原创电影文学作品

孙老板：太谢谢温总了，下午可以发货吗？

婷婷：可以，我通知仓库人员现在就把货拉过来，您验完货我们就可以发了。

孙老板：要等多久？我还有事要办。

婷婷：大概15分钟。

温迪：我请您喝一泡"大红袍"吧。

孙老板：温总请喝的茶一定是好茶。

切至

220. （内景，同上，稍后）　　日

阿亮和三个工作人员将孙老板的货全部摆放在茶店。

婷婷：孙老板，请您验一下货。

孙老板：好的，谢谢。

孙老板仔细地检查了一箱之后，又从一堆货里挑出一箱打开检查。

孙老板：OK，没有问题。（对着阿亮）你可以帮我把箱子的四个角用胶纸再加固一下吗？我担心运输中会裂开。

婷婷：这些箱子质量都很好，这么多年运输中没有出现过开裂的状况。

温迪：婷婷，就照孙老板的要求去做。

婷婷：OK。

切至

221. （内景，同上，稍后）　　日

孙老板：温总，我们现在结一下账吧。

 美丽依旧

温迪：好的，谢谢。

婷婷：160元一盒，乘以550盒，合计88 000元。如果刷卡，手续费我们来承担。

孙老板接过明细单，看了一会儿，他思考了片刻。

孙老板：温总，我看咱们能不能取个整数？

温迪：您的意思是？

孙老板：8万元。

婷婷（急了）：价格是事先谈好的！

孙老板：温总，一盒也就少了十多元钱，大家都知道，茶叶的利润是很高的。

温迪（平静而坚定地）：孙总，生意是要讲一个诚信和游戏规则的，我一直坚守这个底线。

孙老板：您的意思是没得商量？

温迪：我想是的。

孙老板（尴尬地）：哦，那应该去其他店看看。

温迪：好吧，勉强不是生意。这么多年来，我一直坚持，当我算自己的账时，我也替别人算算账，这样也许这世界就能美好很多了。——您走好！

婷婷没有和孙老板道别，她气愤地站在原地看着他的车消失在自己的视线中。

婷婷：真是个小气鬼，一点都不讲信用，这么贪心！

温迪：他认为货已经从仓库拉出来了，我们就一定会卖给他，但他打错了算盘。阿亮，把这些货就放在这儿。婷婷，这批货无论客人买再多，都200元一盒，一分不降。

婷婷：我就是有点不甘心，忙了几个小时，就这种结果。（停顿）如果再给他便宜五块钱，会不会就成交了？

温迪：婷婷，我们总不能跪着赚钱。这么好的货，不怕没人买，这家伙

是懂货的，说不定他转了一圈又回来了，他不傻，只是精明过了头。

婷婷（笑了）：温总，有时你天真得好可爱哦。

温迪：心存美好希望就会快乐，否则怎么活。

婷婷：温总，你和那个八婆谈得怎么样了？

温迪：亲，改天再谈这件事吧，今天糟心的事已经够多了。

这时街道上传来人们惊呼的尖叫声……大家几乎同时望向窗外。

（我们的视线）渐渐地，温迪的眼中露出了惊喜。

温迪（自语）：下雪了？

温迪情不自禁地向门外走去，双手用力拉开大门。

（慢镜头）雪花漫卷着涌入店内，温迪顶着扑面而来的风雪，却没有感到一丝寒意。她近乎贪婪地呼吸着久违的令人焕然一新的清爽空气。

切至

222.（外景）　　温迪茶庄外街道　　日

（温迪的特写慢镜头）温迪被包裹在漫天的飞雪中。

街道上人们雀跃欢呼，欣喜若狂地拍照、录像，见证这数十年一遇的奇景。

（慢镜头）温迪沉浸其中，屏蔽了周围的一切，在自己的世界里不停地旋转。她仰望苍穹，伸出双手。

（简短的特写）温迪手中的六角花瓣晶莹透亮，熠熠生辉。她的眼中写满了对未来的期许。

大街上的人们（画外音）：瑞雪兆丰年啊！

（航拍）整座城市承接着大自然的恩惠，呈现银装素裹的壮观景象。

切至

223.（内外景）　　温迪的车内　街道　日

（温迪的视线）温迪透过挡风玻璃，看到街道又铺上了一层新雪。

车中播放着歌曲：*Don't Know Much*。

温迪漫无目的地欣赏着沿路的雪景。

稍后，温迪的手机响了。

婷婷（画外音，兴奋地）：温总，你离开不久，孙老板就来了，说不打扰您了，付了款，留下发货地址就走了。

温迪：干得好！

婷婷：温总，你真神了。

温迪：我们只能决定自己要做的事儿。（停顿）给每个员工发300元钱的红包，让大家高兴高兴。

婷婷：OK，马上照办，谢谢温总。

收线

温迪（自语）：这场雪也许会给我们带来好运。

切至

224.（内景）　　某桑拿中心　夜

温迪爬在按摩床上，背部搭着一块毛巾，按摩小姐正在给她做肩颈按摩。

温迪：噢，请轻一点。

按摩小姐：好的，温总，您的肩部肌肉很紧，经络不通才会疼，您好久没来了。

温迪（声音微弱地）：没空啊。

伴随着轻柔的音乐声，温迪渐渐昏睡过去。

切至

（音乐在以下几个场景持续播放）

225.（内外景）　美国旧金山华人区　食街　傍晚

天佑开着一辆旧本田车缓慢地行驶在食街上。他透过车窗仔细观察着两边鳞次栉比的餐馆。

化出

化入

226.（内外景，同上）　傍晚

（我们的视线）天佑停下车走进一个咖啡厅，和一个白人老板介绍自己，那个高大的白人老板向他摆了摆手，天佑走出咖啡厅。

化出

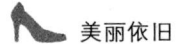 美丽依旧

化入

227.（内外景，同上）　傍晚

天佑走进一家中餐馆，他向老板介绍着自己，老板拿出一个通讯录，让他写下了联系电话。片刻后，天佑走出餐馆。

（镜头化出化入）天佑进出无数个餐馆。

228.（内外景，同上）　傍晚

天佑透过挡风玻璃看到一家颇具规模的中餐馆，气派的招牌上写着"合记酒楼"。

他停车，走进去。

（我们的视线）餐厅内生意异常兴隆，人满为患。

一个留学生模样的男孩儿给他指着坐在收银台上的一个50多岁的矮胖男人。

天佑谦恭地上前打招呼，并介绍自己的来意。老板上下打量他，问了一些问题后，留下了他的联系电话。片刻后，他走出了餐馆。

天佑（画外音）：妈，我想和你商量点事儿，这学期我的功课压力超级大，尤其是英文写作方面，不努力是不行的，所以我要花大量的时间去阅读那些老师开出的长长书单。你知道这里的春节不放假，所以我有个建议，咱们能不能把见面的时间往后推到夏天呢？还可以开车带你去一些好玩的地方，好吗？（停顿）妈，我们会好起来的，你还有儿子呢。而我会为成为你心中最好的儿子而竭尽全力。我不想再多说什么了，我很想你，送你一首歌，你不要太感谢我哦：*Every Moment of My Life*。

淡出

渐显

切至

229.（内景）　某桑拿中心　深夜

温迪打开手机，播放天佑送给她的歌曲。

泪水从她的眼角悄悄流下，但我们从她的泪眼中仿佛看到了希望的喜悦。

230.（外景）　合记餐馆外　日

天佑走出餐馆，提着数十盒打包好的快餐，他打开后门，小心翼翼地放在汽车后座上。

老板（画外音，福建口音）：手脚快一点，今天订餐的人很多。

天佑：OK。

切至

231.（外景）　某社区　日

天佑提着快餐盒，对照着手中的地址，寻找门牌号。

切至

232.（内景）　合记酒楼内　傍晚

送完餐的天佑走进店内，看着异常火爆的生意，只觉得两腿发软。

老板（厉声）：你傻站在那儿干吗呢？

天佑：我应该做什么？

老板（指着客人刚离开的一桌碗筷）：你不会自己看吗？

天佑将碗摞在一起，正要往厨房端。

老板（呵斥）：你收拾一张台需要跑几趟？都像你这样干活，餐馆早倒闭了。

他推开天佑，亲自给他演示。他异常迅速地将所有的碗筷碟子放在胳膊和手上，端进了厨房。

天佑站在原地看傻了。

老板（画外音）：你必须在一分钟之内收拾好一张台。

切至

233.（内景）　天佑的房间　夜

天佑进入自己的房间后，径直走到床前，倒下去就睡着了。

切至

次日——

234.（内外景）　天佑的车内　街道　日

车内播放着强劲的音乐，后座上摆满了餐盒。

温迪（画外音）：看到你发来的照片儿了，比前一阵子稍胖了一点。

天佑（画外音）：胖了五斤。

温迪（画外音）：太好了，我就担心你吃不好。

天佑（画外音）：最近吃得又多又好。

温迪（画外音）：那就好，只是看上去你的眼睛有点肿。

天佑（画外音）：妈，因为我在读本科，所以眼睛是肿的。

温迪（画外音）：你就扯吧。

天佑（画外音）：我还有事，先不聊了。

手机响了。

阿杰（画外音）：哥们儿，你在哪儿？

天佑：在送餐的路上。

阿杰：我可要提醒你，给老外送餐时，一定不要正对着门站，要靠边，以防那些家伙吸了大麻乱打枪。

天佑（有点紧张）：我知道了。

阿杰：我×，这福建佬也太抠了吧，一小时才给8美金。

天佑：就这份工，我都跑断了腿才找到的。谁让我们是桌子下面干活的黑工呢，昨天干了十个多小时都没坐一下，还一直被他骂。我在家里哪里干过什么活！

天佑委屈得说不下去了……

阿杰（画外音）：也许我们都被惯坏了。OK，过两天我要找你帮个忙。

切至

几天后——

235.（内外景） 阿杰的轿车内 街道 日

阿杰把车停在正站在路边等待的天佑面前。

天佑拉开副驾驶门，钻进车里，突然他吃惊地发现，后座上坐着一位着装大胆前卫，看上去精神涣散、目光游离、神情怪异的女生。

阿杰：介绍一下，这是朱倩。

天佑（回头）：你好！

朱倩（声音懒散而微弱地）：你好。

天佑递给阿杰一个眼神，意思是：这是什么情况？

阿杰回了他一个无辜又无奈的表情。

天佑觉得这个女生有点儿面熟，他迅速地在记忆库里搜寻着，突然他想起来了……

天佑（冲着阿杰，像发现了新大陆似的）：她不就是阿……

阿杰（马上用果断的眼神阻止了天佑）：你想听歌吗？

天佑（咽下没有说完的话）：好啊，我们这是要去哪儿？

阿杰：送朱倩去机场，她要回国了。

阿杰开始播放音乐，想调节一下这凝固的空气。

朱倩：能不能关掉音乐，听起来好烦。

阿杰随即关掉音乐，车内一片寂静。

天佑瞟了一眼阿杰,像是在说:这到底是怎么回事?

稍后,汽车驶入机场弯道,在候机厅门前的路边停了下来。

(我们的视线)天佑下车,从后备厢里提出两个大箱子,搬上人行道。

他转身看到,朱倩下车的动作十分缓慢,看上去是那么的虚弱和消瘦。

下车后,她的脚像是踩在了棉花上一样,深一脚浅一脚地走着。天佑担心她摔倒,正要上前扶她,她却一屁股坐在了道牙子上。

天佑简直不敢相信眼前的这个女孩儿就是两年前阿超的那位"女神"。

他一脸懵懂。

阿杰:你们就在这儿等我,我去停车,马上回来。

阿杰用眼神示意天佑照看好朱倩。

天佑(走近朱倩):我去给你买瓶水吧。

朱倩:你能给我一支烟吗?

天佑从口袋里掏出一包烟,抽出一支递给她,并帮她点燃。

(天佑的视线)朱倩几乎以一种放浪形骸的姿态,贪婪地吸吮着。

天佑被这一幕深深地震撼了。

切至

236.(内景)　　机场走廊　　日

阿杰和天佑每人拉着一个旅行箱,朱倩夹在他们中间,三人并肩前行。没有任何沟通。

切至

237.（内景）　机场内　日

朱倩在办理登机手续，天佑把两个大箱子放在传送带上，他从口袋里掏出那包烟，放在朱倩的手上。

阿杰（对着朱倩）：路上注意安全。我已经把航班号发给你父母了，他们会去机场接你的，请放心。

朱倩（凄然地）：谢谢！

切至

238.（内景）　安检口　日

阿杰和天佑从较远处看着朱倩顺利通过安检口。
他们挥手告别，朱倩的身影消失在人群中。
他俩的表情流露出几分担心。

切至

239.（内景）　阿杰的车内　日

车内是一片深沉的寂静。

原创电影文学作品

天佑（终于打破沉默）：为什么你不提前告诉我，搞得我一头雾水。

阿杰：因为我不知道怎么跟你说，我一个人又搞不定。

天佑：简直不敢相信，她怎么变成这个样子了？

阿杰：她被学校开除了，限期离境。

天佑：啊！为什么？

阿杰：她吸了大麻，你看不出来吗？

天佑：我从小到大没见过这种场面。（停顿）那她男朋友阿超去哪儿了？为什么不来送她？

阿杰：你都知道我和阿超的关系，他让我一定要帮这个忙，我能说什么？

天佑：世态炎凉，这场面，我以为只能出现在电影里。

阿杰：今天上映的是真人版。

天佑：两年前见到她时真的惊艳到我了，但今天……这太可怕了，简直是惨不忍睹。

阿杰：这能怪谁呢？她刚到美国时，那些富二代争着追她，争风吃醋还打架，常常为她豪掷千金，住的是月租3 000美金的公寓，浑身上下国际大牌，人家把她玩腻了，就甩了又去追别人。后来听说她吸上了大麻。说实话，阿超对她还算不错，年初带她去欧洲玩儿了一圈儿，就花了100万元（人民币），还帮她戒毒，可她越抽越厉害，阿超也顶不住了。

天佑无语，二人沉默。

稍后——

阿杰：这一下午心里堵得要死。说点儿别的吧，你在那儿干得怎么样？

天佑：一上班就像上了发条的机器似的连轴转，那个福建佬，花8美金恨不得榨干我。

阿杰（沉思片刻）：我有个朋友，他爸给他投资开了一个车行，全部卖顶级豪车，如果你愿意，我推荐你去他那儿干吧。

切至

数日后——

240.（内景）　合记酒楼　日

这是酒楼一天中相对空闲的时间段，店内只有零散的几桌客人。

一对老夫妇坐在靠窗的一张桌子边，享受着冬日的暖阳。

一个年轻的店员在无人区域拖洗地板。

天佑进入店内。

天佑：鹏哥，你还在忙呢？

云鹏（停下手中的活）：好几天都没见你了，你是不是不想干了？

天佑：最近功课紧，老板来了吗？

云鹏：还没来呢。

天佑脸上掠过一丝失望。

云鹏：你是来结工资的？

天佑朝他点了点头。

云鹏：应该也快到了，你先坐着等一下，我去给你倒杯茶。

片刻后，云鹏端来一杯茶递给天佑。

天佑：谢谢鹏哥！

云鹏（低声地）：是不是找到了好工作？

天佑笑着点了点头。

云鹏：那我们也要常联系呀。下次再带我去看你们的比赛，你的球打得太好了！

天佑：好的，下星期三我们有场球赛，我会发信息给你的。

这时，门外有汽车的声音。

他俩同时抬眼向外看去。

老板从一辆一看就知道开了很久的车里出来。

云鹏（紧张地）：你先坐着，我得去干活了。

天佑：OK。

老板走进来四下看了看。

天佑（忐忑地）：老板好！

老板带着轻微的厌烦感瞟了一眼天佑，嘴里咕嘟了一下算是回应。

他径直走进收银台，翻看账本。这是他每天进店后要做的第一件事。

坐在角落的天佑看着墙上的挂钟，2:45（下午）。

这时几个熟客结账后起身朝门的方向走去。

老板立刻起身，脸上堆满谄媚的笑容，谦卑而热情地与他们寒暄，并将他们送至门外，挥手告别。

当他返身进店后竟笑意全无，迅速转换成冷酷的神情。

他再次回到收银台，继续核对账单，再也没有抬头看天佑一眼。

天佑起身轻手轻脚地走到直对着收银台的一张桌子边坐下，在这个位置，只要老板一抬头就能看到他。

天佑（画外音）：时间一分一秒地过去，收银台对于老板来说显得略微高了点儿。

当他坐下去低头工作时，留给天佑的就是一个白光光的脑袋和附着在上面的稀疏毛发。看到这里，天佑的眼睛里掠过一丝嫌弃。

眼前这个50多岁的男人，虽精于算计，但常年没有节假日的辛苦操劳，让他看上去像一个60多岁的老人。

恍惚间，天佑的眼睛里都是那个晃动的大脑袋。

天佑（画外音，内心独白）：光头佬，你有啥牛的，来美国混了几十年不就开了个小餐馆嘛！对客人你就像个孙子，对弱者你骄横欺压，活得既可悲

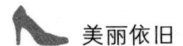
美丽依旧

又可恶。

（镜头对准墙上的挂钟）时间已是 3:45（下午）。

老板终于抬起了脑袋，用极其冷漠的目光示意天佑，天佑迅速读懂了他的眼神儿，立刻起身走向收银台。

老板（傲慢地把钱轻甩在台面上）：这是你的工资，结清了。

天佑（拿起钱）：谢谢老板。

老板（一脸蔑视）：现在你可以走了。

天佑被这种态度激怒了，他直视老板的目光。

天佑（用嘲讽的口吻）：我不想在此久留。（停顿）我来美国可不是为了一辈子干这个。

说完，他转身大步走出餐馆，把一脸惊骇的老板留在了身后。

天佑的这种神情像极了温迪。

切至

241.（内景） 天佑的车内 夜

（我们的视线）天佑兴奋地从口袋中拿出工资单和 600 多美金的钞票，摆放在副驾驶座上，并不断地调整着角度，拍了几张照片，发给了温迪。

（配乐响起：《不常仰望，何以飞翔》）

天佑（画外音）：妈，钱虽然不多，但是我自己打工赚的。感觉真的不一样，这是我长这么大赚到的第一笔钱，好兴奋哦！另外还要告诉你一个好消息，从下个月起你就不用再给我寄生活费了。

天佑的自豪感油然而生，他发动汽车，音乐声渐强。

切至

当下——

242.（内景）　机舱内　日

（画外音）女士们先生们，飞机已进入下行通道，请大家收起小桌板，调整好座椅……

温迪从思绪中醒来。

温迪：可以给我一杯冻咖啡吗？

空姐：好的。

温迪：谢谢！

切至

243.（内外景）　旧金山机场路　轿车内　日

天佑看上去神清气爽，异常兴奋。路边高耸的广告牌在车顶隐现。

天佑女朋友（画外音）：到机场了吗？

天佑：马上就到了。（停顿）你看什么时候和我妈妈见个面？

女朋友（画外音）：你先多陪陪阿姨吧，你们那么久没见面了。

天佑：好的，我会安排的。

这时，手机铃声响了。

赵天宇（画外音）：天佑，这次你妈来一定要安排来洛杉矶，球队要请阿

 美丽依旧

姨吃饭。

  天佑：谢谢！一定去，她给你们都带了礼物。

  赵天宇（画外音）：OK，定下时间提前通知我。

  天佑：好的，谢谢大哥。

  稍后，天佑给阿杰语音留言。

  天佑（画外音）：过几天去洛杉矶，我妈说要请你吃牛肉拉面，这下你可有口福了。

  阿杰（画外音）：馋死我了，好期盼阿姨哦，尽量早点儿来。

         切至

244.（外景） 大厅外车道 日

  （我们的视线）高大健壮的天佑紧紧地搂着温迪。

         切至

245.（内外景） 沿海公路 天佑的车内 日

  天佑：妈，送你一首歌：*You Are My Boo*。

  音乐响起，温迪将目光移向窗外辽阔无垠的大海，眼中溢满欣喜、幸福的泪水。

  （镜头对准远去的车身）

  天佑（画外音）：妈，我为咱们安排了一个特别的旅行。

温迪：一切听儿子的。

天佑（画外音，得意地）：那是必须的。

切至

三天后——

246.（外景）　天佑租住的洋房外　日

晨曦微露。

天佑和温迪走出洋房，他们将所需的旅行物品放入后备箱内。

汽车驶出住宅区。

切至

247.（内外景）　高速公路　天佑的车内　日

温迪脸上洋溢着兴奋的神情。

天佑：妈，我们出发了。这是属于我们两个人的音乐之旅。就从这首歌开始吧！

车里播放出歌曲：*Firestone*。

切至

248.（外景）　海边公路　天佑的轿车　日

（航拍）橙红色的野马跑车行驶在蟒蛇般盘绕在海边峭壁上的公路上。
（配乐响起：舒曼的钢琴曲）

切至

249.（外景）　牧场　日

柔美起伏的辽阔牧场上，微风吹过，马儿撒欢，牛羊栖息。
（配乐响起：莫扎特的音乐）
天佑牵着温迪的手走在乡间小路上。
画面恬静安详。
天佑：妈，我有了一个女朋友。
温迪：我知道。
天佑（吃惊地）：谁告诉你的？
温迪：不用谁告诉我。
稍后——
温迪：你知道这次我不会反对。
温迪和天佑会心地笑了。
停顿——

原创电影文学作品

温迪：人们都说"有了媳妇忘了娘"。

天佑（严肃地）：妈，您永远无可替代。

温迪笑得很灿烂。

切至

次日——

250.（外景） 迈克尔·杰克逊的梦幻庄园 日

（配乐响起：杰克逊的音乐）

温迪走下车，满怀对偶像的崇敬，在梦幻庄园门前拍照留念。

251.（外景） 天使小镇 落日十分

（配乐响起）天佑和温迪坐在高高的石阶上，与小镇上的人们一起静观落日。

（镜头从后面对准母子俩的背影）温迪的头靠在天佑的肩头。

落日的余晖染红了整个画面，也温暖着母子的心。

切至

次日——

 美丽依旧

252.（外景）　小路　日

（配乐响起：Hiromi 的钢琴曲 *Firefly*）

晨光透过树叶的缝隙，将斑驳的亮点铺洒在行驶的车身上，路两旁绿荫如盖。

温迪（画外音）：儿子，你不仅用音乐准确地诠释了旅途中大自然的奇美风光，也带给了妈妈无与伦比的幸福。

253.（内景）　赵天宇的家　傍晚

天佑把温迪带来的礼品送给了球队的朋友们和阿杰。

温迪正在忙着给孩子们准备饭菜。天佑领着一个清秀的女孩来到温迪面前。

天佑：妈，这是张纭涵。

纭涵：阿姨好！

温迪：你好！

纭涵：阿姨，我来给您打下手吧。

温迪仔细打量着纭涵，露出满意的微笑。

稍后——

大家围观温迪做的拉面，惊呼声此起彼伏。

天宇：阿杰，小心你的口水哦。

切至

次日——

254. （外景）　路边　日

天佑和纭浠将旅行所需的物品放入后备箱内。

三人上车。

255. （外景）　公路　日

朝霞映红了大地。

汽车行驶在笔直的公路上，驶向未知……

（主题曲响起：《不常仰望，何以飞翔》）

剧　终